机上玄夢

KIJOU NO YUME

小濠眞櫻

Kobori Mao

今日の話題社

机上玄夢・目次

机上玄夢

黄金色の幻夢

一

十二年前の或る真夏の昼に、道志川の岸辺で、私が偶然にも出会った光景……。黄金色に燦然と輝く、夢かと見紛う幻想的なその光景は歳月の流れにも色褪《あ》せること無く、今も猶、脳裏の片隅に鮮烈な画像を結んでいる。黄金色の眩い光を放ちキラキラと輝き続けている彼《か》の忘れ難き光景……。

其の日の前夜、私と妻、そして二男のKは山梨県道志村の役場近くに建つ鄙びた木造旅館・D館に一泊していた。

当時、小学四年生であった長男のRは家族と離れ、山中湖の東南方に位置する「平野」なる在の或る民宿に泊り掛けでサッカークラブの合宿中であった。

その日、妻だけは約半日を費やしてRの合宿する民宿へ応援に行く予定になっていた。早朝、私達三人は村役場近くのD館を出発し、土埃の立つ道志川沿いの道を通り山中湖方面を目指して車を走行《はし》らせた。

やがて、Rの合宿する民宿に到着して妻が車から降りてしまうと、私はKと二人だけになってしまった。

夕方、合宿の手伝いを了《お》えた妻を迎えに行く迄の約半日、私は六才に成ったばかりの、未だ聞き分けの無い幼い二男のKを遊ばせ面倒を見なければならなかった……。

半日もの間、Kを遊ばせるには、何処で何をして過ごしたらよいのだろう……？

私は思案の末に、道志川の岸辺で水浴の出来る場所を探し、Kを遊ばせることに決めていた。

私とKは、今し方《がた》通って来たばかりの舗装されていない川沿いの凹凸道を引き返し、再び道志村方面に向かって車を走らせた。

途中、水浴の適地を物色しつつ、ゆっくり運転して行ったのだが見当たらず、何時の間にか出発地点である村役場辺り迄戻って来てしまっていた。

そして、川沿いの木蔭に車を駐め、水着やタオル、水筒を携《も》って車を降りた。

私とKは崖沿いの木立ちの中を、川辺へと通ずる小道を捜しながら、暫くの間、緑蔭の下を歩き廻っていた……。

やがて、崖に繁茂する鬱蒼とした原始林の中に、狭い急傾斜の小径を見つけると、樹間を擦り抜けるようにして、崖の急斜面を下り川辺へと降りて行った……。

二

漸く岸辺に辿り着き、初めて目前に見る道志川の流れは速く、想像以上の水量に圧倒された。

川の両岸には緑濃い原始林が拡がっている。多彩な照葉樹の枝葉は房状に重なり合い垂れ下がって川面を覆っている。

その為、真夏の陽光は遮られて川面全体が日蔭になってしまっている。

照葉樹林という天然の厚い緑の防壁によって遮蔽された道志川の岸辺には、無機質な車の騒音も人家の喧騒も届いて来ない。

其処では、蝉の声、野鳥の囀り、そして滔々たる流れ……地鳴りの如き低く唸るように響く荘重なる瀬音が聞こえるばかりであった。

道志川の岸辺は、恰も、晩唐の詩人・陶淵明の詠んだ「桃花源記」を髣髴とさせる、俗界より隔離された水と緑の別天地なのであった。

Kと私は岸辺に展《ひろ》がる乾いた砂洲の上に荷物を置き、早速、水着に着替えた。

そして、流れに軀を浸そうと徐に浅瀬に足を踏み入れた……。

「おお冷たい。まるで氷水のようだなあ」

道志川の水は雪解け水の如き、異常に水温の低い冷水なのであった。

しかし、Kと私は意を決して、徐々に浅瀬より深間へと向かって歩を進めて行った。

小さな軀のKの下半身が水中に浸る水深の辺りで立ち留まると、Kと私は上半身も水中に沈ませようと、膝を屈して首より下の部分を全部水中に没した。が、それが出来たのは、ほんの一瞬であった。

「お父さん、冷たいよ」

Kは嬉しそうに燥《はしや》ぎながらも小さな軀を震わせていた。が、一念奮起して流れに攫《さら》われまいと爪先に力を入れ、水底に吸い着くようにして水中に立ち留まり、上半身の体温の回復を待つと再び膝を屈して首より下を水中に沈めた。更に幾度か屈伸の動作を繰り返すうちに軀はすっかり冷えきって凍えてしまった。小さな軀を震わせていたKの唇は何時しか暗紫色に変色している……。

しかも、川面全体は翳《かげ》っている。が、その時ふと、荷物の置かれている乾いた砂洲の辺りを見れば、其処にだけ木洩れ日の強烈な真夏の光線が照射されて一際明るくなっているのだった。

「K、暫く休んで、軀を温めてから、もう一度入り直そう」

Kと私は木洩れ日の熱で温められた砂洲に、冷えきって凍えた軀を俯臥し仰臥しつつ纏わり付くようにして温め体温の回復を待ったのだった……。

三

幾何《いくばく》かの時が過ぎた。漸く体温も恢復し平静に戻りつつあった。

私は軀を起こし、気怠い疲労感に霊肉を委ねながら煙草に火を点け、茫然として、只々、滔々たる水の流れを凝視していた。

私は天然の水と緑の風景に溶化しているかの如き奇妙な錯覚に拘《とら》われている自分の存在

を独り愉しんでいた。

足下に展がっている砂洲は水際の底へと傾斜しつつ潜り込んで水中にも展がっており浅瀬を造っている。

浅瀬の澄んだ水の下に、透き通って見える水底の砂洲がキラキラと光っている……。

その光は木洩れ日の反射光かと思い、はじめは気にも留めなかった。がしかし、妙にキラキラと光を放っている。

陽光にしては奇妙な輝きである。

私は唖然として目を凝らし、暫く水底の砂洲を凝視《みつ》めていた……。

やがて、その奇妙な光は陽光の反射光などでは無く、砂の中から発する光であることが朧げながらも徐々に明らかとなってきた。

「この光は……砂金だ！」

私は肌理《きめ》細かな白い砂粒を、無造作に手で掴み腕や脚に擦り着けてみた。

すると其処には、白い砂の粒子に混じって、無数の黄金色の微粒子がキラキラと燦《きら》めき、眩しい光を放射しているのだった。

私は財宝を目前にしたお伽話の中の登場人物として、架空の異次元時空に瞬間移動させられたかの如き不思議な恍惚感に魅せられていた。

それは真に信じ難き光景であった。

そして、様々なる妄想が我脳裏で回転を始めていた。

道志川を上流へと遡れば、彼の有名な甲州金山に辿り着くのかも知れぬ。

これらの砂金は上流の金鉱脈から漏出した砂金が永い年月を費《か》けて堆積した物に相違ない。しかし、私が発見する迄、人に知られていないのは少々腑に落ちぬでも無い……。だが、この場所は人の出入を禁じられている特別区域であるのかも知れぬではないか……？

どれ程の価値が在るものだろう。

砂金の採取が契機となって、永年の窮乏生活より脱出出来るかも知れぬ。

私の生活にも漸く光明が射して来たのかも知れぬ……。

低迷軌道を直走《ひた》るだけだった我が運命、その運命の針路に好転を齎《もたら》してくれるかも知れぬ不意の椿事に動顛し、神経の昂っていた私は、「この砂洲は砂金の宝庫に相違ない」と、至極自然に自己暗示に罹ってしまっていた。

様々な妄想を膨らませている間に、忽ちにして時は流れ、やがて夕刻が迫って、Kと私は道志川の岸辺を後にした。

そして、Rの合宿所へ妻を迎えに行くと、旅は終盤に近づき、やがて帰途に就いた。

四

旅は了わり、日常の生活に戻っても、道志川の岸辺で視た彼の黄金色の光景は中々、容易には脳裏より離れない。

妄想は回転を止めず白昼夢は膨張を続けていた。

近未来に到達するかも知れぬ好もしい絵姿で満たされた想像の海の中で、私は耽溺していたのだった。

数日後、私は城趾の御濠の辺《ほとり》に建つO市立図書館へと何十年振りかで足を運んでいた。索引カードで検索した「砂金」に関する数冊の図書を請求し借り出した。当時の手帳を捲ってみると次の如き書名が記されている。

・『北海道の砂金掘り』

・『日本産金史』

・『砂金掘り物語』

司書が書庫より抽出してくれた資料を読み進むうちに、我脳裏で膨脹を続けていた期待する未来像は一挙に収縮し、そして収束へと向かってゆくのを自得せざるを得なかった。同時に、爾来、昂っていた精神の高揚も急速に沈静化していった。

古代より中世の其の昔、日本全土の至る所に砂金の流れる河川は相当数存在していた由であった。

イタリア（ヴェニス）の旅行者、マルコ・ポーロが『東方見聞録』で誌《しる》した「黄金の国・ジパング」の伝説は根拠の無い、只の噂では無かったのである。

殆ど採取され尽くされた現代でも、未だ砂金の堆積する河川は全国に何ケ所も存在しているとのことである。

しかし、含有量（金の比率）が少ない為、採算が合わないという理由で放置された儘であるらしい。

私は価値無き対象に過大な期待を抱き、有頂天と成って翻弄されるが儘であった自分を、次第に醒めた目で客観視できるように成っていた。がしかし、猶未だ一縷《いちる》の望みを捨て切れず、未練の残滓にしがみつく情け無い自分の姿にも気付いていた。

やがて、希有な体験をした炎天の夏休みは終わり、凡々たる瑣事の続く日常に埋没してゆくうちに、彼の黄金色の光景も徐々に忘却の彼方へと消え去って行くかと思われた……。

それから一年が過ぎた翌年の夏休みの或る日のことである。

私は地質学の専門家であるS氏に知遇を得ていた。

S氏は鉱物の蒐集家であり、所蔵する鉱物標本は厖大な量に増えて収納場所に困っている、という話を以前より聞かされていた。

私は例の道志川での体験をS氏に伝え、専門家であるS氏の見解を尋ねた。

「よく間違えるんだよ。それは多分、金雲母《きんうんも》だろうと思う」

至極自然に口に出た、鉱物に造詣の深いS氏の其の何気無い一言で、今も猶、微かに未練の残っていた砂金の宝庫への最後の望みは完璧に断たれ、全てが幻と化したことを痛感していた。

斯《か》くして「真夏の夜の夢」ならぬ「真夏の昼に視た黄金色の夢」は儚くも幻夢と化したのであった。

その夢は無知に因る誤解より生じたものではあった、がしかし、道志川の岸辺での体験は歴とした現実であり、一瞬とは云え、我が運命の針路に仄かなる光明を示唆してくれたという事実は消え去ることは無い、とも言える。

今も猶、相も変わらず低迷軌道を直走る我が運命に変化の兆しは皆無ではあるけれど、兎にも角にも、爾来、十二年の時節の歯車が巡り去って、五十路を越えた今でも私は折に触れ、未だ子供達が幼かった頃の彼《か》の夏休みに、甘美な体験に心踊らせ胸ときめかせた我が若年期を回想し懐かしんでいるのである。

何時の日にか、今一度機会を得て、彼の道志川の岸辺を訪ねてみたい……。

思考実験手帳

一　契機

今を溯る約二十年以前の昔のことである。

『文明の生態史観』で著名な梅棹忠夫氏の著作『知的生産の技術』が出版刊行されるや、忽ちにして世の脚光を浴び、一躍、大ベストセラーと成った。

更に、川喜田二郎氏の創案に成る「ＫＪ法」が、やはり世間の耳目を集めると、発想法や整理法に関する類書が陸続と出版されて大流行した時代があった。

一世を風靡した時代思潮の大波に乗って、私の如き浅学非才の者も知的生産に関して秘かな願望を抱き、漠然とはしていたが、「姿形を備えた何物かを産み出したい」という創造への情熱に駆られて、様々なる試行錯誤を繰り返して来た。

しかし、結局は専門分野（学問）の確固たる基盤も有《も》たず、又、特定分野（芸術）の才能の些細な萌芽さえ皆無であった私が知的生産の名に値する成果を何ひとつとして産み出すことが出来なかったのは至極当然の帰結であったのだ、と今では潔く諦めている。

主たる目的であった知的生産に関しては無念な結果に了《お》わった。とはいえ、その過程に於て、「カード」及び「手帳」に関しての様々なる工夫体験を経た結果、思いがけぬ副産物を得ることと成った。

川喜田教授が「ＫＪ法」を開発したように、私も自分相応の知的生活水準に見合った「手帳」を創案し開発することが出来た、と多少の自負も抱き、曲がり形《なり》にも副産物を得たことで自らを慰めているのである。

二　試行錯誤

『知的生産の技術』に登場する「京大型カード」は専門分野を研究する学者ならぬ身の私にとっては、常時携帯するには大袈裟であり、それは余りにも大き過ぎた。

又、「ＫＪカード」は携帯には便利であるが、短い文章さえ纏めて記載できる余裕も無く、逆に余りにも小さ過ぎた。

携帯に便利で短文の記載可能な適切なるカードを模索する過程で、私は分類目録カードとして図書館で常用されているカードに興味を有《も》った。

その既存のカードに桝目を入れ罫線を引き、見出し用の空白部を付加して、携帯用原稿用紙の機能を充たす工夫を試みた。

試行錯誤の末に完成したそのカードに、私は「自己実現カード」と命名した。

私はそれを場末の小さな印刷所に発注し、五千枚印刷したのだった。

当時の手帳を捲ると、そのカードは昭和五十六年二月十七日に完成し受領している。私が三十四才の冬であった。その日は珍しく大雪の日であり、降り頻る雪を掻き分け、私は出来上がったばかりのカードを濡らすまいと大切に運んだ記憶がある。

爾来、私はその自己実現カードを常時携帯して利用し続け、やがて全て使い尽くした。

鉛筆や万年筆、そしてボールペン等々、雑多な筆記具の文字で埋められた五千枚のカードは今、丁寧にも主題別の索引まで付されて木製の整理箱に収納されている……。

それらのカードは埃を被った儘、只々保管されているだけで、一度も活用された例《ためし》が無く、将来も利用される予定は無い。

カードは分類には便利だが、整理箱に一旦保管されたら最後、出し入れして活用するのは至難の業だと理解する迄、余りにも多くの時を浪費してしまった。

斯くの如く、知的生産の補助道具として縦横無尽に活用し尽くすという観点からは、カードは不適切であると結論せざるを得なかった。カードを断念した私の興味は次に手帳に向かった。

私の利用上の視点より判断すると、市販されている既存の手帳は欠点ばかりであった。大概の手帳は（京大型カードほどでは無いが）大き過ぎた。又、それらは横書き用が主流で、縦書き用は殆ど市販されていなかった。そして、既存の手帳の殆どは左右に開く観音開き仕様であった。

突如として脳裏を過ぎる一瞬の想念を逃すまいと、私が書き留めなければならぬ時は通常次のような場面である。

混雑する通勤電車の中、同僚に囲まれた勤務時間中の職場、或いは、電車の乗り継ぎ時間を利用して一服する駅構内の小さな狭い喫茶店の中、等々、大概は多勢の人に囲まれている窮屈な状況である。

何も為さずに放っておけば忽ち雲散霧消してしまう一瞬の閃きを逃さず、瞬時に、迅速に書き留めておかねばならぬ時が殆どである。

斯くの如き状況に臨んで、自意識過剰気味の私にとっては、他者の視線が気に懸かるようでは落ち着いて記述する心理状態を保つことが出来ない。他者の視線（心理的負担）を意識することなく、或る程度の纏まった文章記載が可能で適切な手帳とは如何なるものであろうか……。

前記の条件を充たす手帳は既存の手帳とは全く逆の特長を備えていなければならぬ、という事に私はやがて気付いた。

即ち、大き過ぎぬこと。縦書き用であること。そして、天地開きであること。

或る時、私は此等の条件を充たしてくれる手帳の代替物に巡り合ったのだった。

それは表紙が虹を模した縞模様の「しじら織」（四国・阿波）なる布織物で装幀された薄い小型の携帯用住所録であった。横長の観音開きとして造られていたのだが、上下に開閉して天地開きとして使えば縦書き用となる。大きさは片手掌に入ってしまう程であった。

本来は住所録として造られているものではあるが、私はそれを縦書き用の手帳として試みに使ってみた。ワイシャツの胸ポケットに容易に収納《おさま》り、常時携帯するのに頗る都合が良い。

斯様《このよう》にして使い始めた布製の住所録は既存の手帳に比べて、不思議に他者の視線が気に懸からず、心理的に非常に楽であった。

私は大変気に入って、自己実現カードを工夫した時と同じように、その住所録に、桝目、罫線、見出し用の空白部を付加して工夫を試みた……。

三　白昼夢

様々なる工夫を繰り返し、私は最終的に四種類の図表を作成した。

漸く完成したその手帳に私は「思考実験手帳」と命名した。

それは四種類の図表により構成されているので、別名として「図表手帳」（略して「Z手帳」）なる呼称をも冠することにした。

そして今、私は此の「思考実験手帳」が、自ら構想したその儘の目に見える一つの姿形を得て、晴れてこの世に産まれ出る日、即ち、出版刊行される日を独り秘かに夢見ているのである。

我が瞼の裏には次の如き光景が浮かんでくる……。この世に出現した「思考実験手帳」

は、全国津々浦々に至る書店や文具店、或いは駅の売店や大学生協等々に配本され販売されている。そして、私と同じ境遇の人々、即ち、小刻みな時間を有効に使う以外に知的生産の時間に恵まれぬ多くの人々の胸ポケットには、常時「思考実験手帳」が入っており、知的生産の補助道具として大活躍している……。

以上の如き白昼夢の実現する日が何時の日にか到来するだろうか……。

私は何時とも知れぬその日の為に「上梓の辞」を準備し、尽きぬ白昼夢の続篇を想像しているのである……。

四　上梓の辞

思考（知的作用）は脳細胞（前頭葉、左右脳）の活動であり、脳は思考機能を有《も》つ発動機に喩えられる。

脳は通常、言語という燃料によって始動するので、発動機である脳は燃料である言語が充填されていなければ始動できない。

燃料（言語）が高品質であれば、それに比例して、思考機能も高性能なものと成る。即ち、思考機能を高める為には高品質の言語能力を有たなければならぬ、とも言える。従って、思考機能の向上を計る為には言語に慣れ親しみ習熟することが是非共必要である、という訳である。

他方、思考の契機として対象の存在が不可欠である。思考の対象は意識、無意識を含む森羅万象の全てであり、古今東西に渉る人類の文化遺産の全ての領域に及ぶ……。

しかし、斯く言ってしまえば余りにも漠然として掴みどころが無い。そこで、まず試験的に、様々なる思考対象の、ほんの一例として、次の如き問題、所謂、願望について自問自答することから始めてみよう。

・私は如何なる生活を望んでいるのか。

・誰の如き人物に成りたいのか。

・何処の都市に住みたいのか。

以上の如く、貴方が願望する独自の未来像を明確化する作業から思考実験を始める事も、ひとつの契機として有効であるかも知れぬ。仕立服の如く、貴方の身丈に合致した願望は思考実験の強力な推進源と成るかも知れぬ。

紆余曲折を経た試行錯誤の末に、貴方の脳髄が自分独自の願望を紡ぎ出した其の時、貴方の潜在意識は願望の成就に向かって作動し始めたのです。

願望を発見し、それを成就させることは貴方の使命でさえあります。

思考の軌跡を記録し、分類し、整理すること。その作業を継続すること（思考＝知的作用の内容の殆どは、分類という作業によって占められていると考えられている）。

その過程で、当初には考え及ばなかったような素晴らしい着想を得て、願望の種子は、やがて時空の果てで花開くでしょう。

この思考実験手帳は言葉に慣れ親しみ、そして、思考対象（願望等々）について考える為の補助道具として産まれました。

貴方の思考実験に、多少なりともお役に立てれば幸甚です。

右手にペン、左手に思考実験手帳を常時携帯して果てし無き思考実験の旅へ、いざ出発しましょう。

伊豆の走り井の謎

一　戸隠神社・奥社

去年の夏休みに、私は妻と二人で信濃の戸隠神社を訪ねた。

宝光社及び中社を強行軍で巡拝し了《お》えた私達は午後二時前後、漸く、その日の最終目的地である奥社入口に到着した。

奥社へ至る道は往復二時間程費《か》けて歩く以外に方法は無かった。

参道は街道（長野～柏原線）の或る地点を起点にして、戸隠山の麓に向かって一直線に延びている。

私達は其の参道を気儘な散策気分で緩《ゆつくり》と歩いて行った。

参道の左側は森林植物園として整備されており水芭蕉の群生する湿地帯も混在している。

参道を包囲する戸隠山麓一帯には多種多様な照葉樹が生い繁っている。

広大な面積を覆って、眩しい緑の原生林が拡がっているのだった。

鶯の囀る声が響きわたる長閑《のどか》な参道……。

太古の森を髣髴《ほうふつ》とさせる希有《けう》な生態系が保存されている豊かな樹海の息吹に酔いながら私達は歩き続けた。

参道の半途迄歩き着くと、其処には参道を遮断するように構えた威容を示す随心門が建っている。

此の辺りで、観光客の大半は踵を返し出発地点の街道方面へ戻って行ってしまうのだった。

その為、随心門を過ぎた参道には人影が絶え一転して寂しい気配が漂いはじめる。

同時に道幅も急に狭くなって、異世界への入口らしき雰囲気に一変する。

参道の両側には樹齢数百年を経た無数の巨大杉が空を覆って整然と聳立し、並木道と成って続いているのだった。

左右に林立する巨大杉と生い繁る照葉樹の壁に挟まれた狭い鬱蒼とした参道を更に歩き続けると、やがて、突如として嶮岨な急坂へと変わり登山道の様相を呈しはじめた。

意想外の急変に驚き戸惑いつつも、私達は覚悟を決めて前進する以外に選択肢は無かった（後程判明したのだが、参道は戸隠山登山道の導入路をも兼ねていたのであった）。嶮しい登り坂を辛抱し、暫くの間、忍耐の歩を進めて行くと、直《じき》に視界が展《ひら》け、目前の岩壁から張り出している高台の岩床を見上げれば、其処には奥社の社殿が鎮座在《ましま》しているのであった。

それはコンクリート製の、甍《いらか》の低い、比較的新しい建造物であった。

先程観て来たばかりである宝光社の古色蒼然たる社殿を凌《しの》ぐ、そして、より一層古代の面影を留める伝統的木造建築物を想定していた私達にとって、奥社社殿は背後に迫る岩壁に埋没するように鎮座在す、こぢんまりとした意外な佇まいであった。

その特異な様態は全く予期せざる光景であった。

私達は奥社社殿の鎮座在す高台の岩床へ登り参詣を了えると、狭い境内の片隅で一服したのだった。

高台の岩床に立ち乍ら、只々、漫然と付近一帯の地形を見下し眺めていた。

其の辺りは比較的狭小な傾斜地であり、巨大な社殿を築く余地は皆無であった。

狭小ではある、がしかし起伏に富んだ傾斜地の地勢……。

風雪の鑿《のみ》で彫琢されて造形の妙を現す岩壁の特異な姿形……。

そして、処々、無作為に配列されて独自の個性を主張して横たわる一群の岩石……。

名庭の如き複雑な造形美を形成する其の地形の空間から不思議な霊気が生成されている気配を察知して、私は飽かず眺め続けていた。

「地面から沸き出してくる霊気が此の辺りの空中に充満しているように感じないか……？」

「そうかしら……？　私には、目には視えない気配を感知する能力が無いらしいのよ……」

暫くの休憩を了えた私達は奥社の境内を下って、岩棚に乗るように建っている木造の簡素な社務所で御守札を買い求めた。

序でに、戸隠神社の由緒書も入手して、再び緩と帰りの道を引き返した。

起点の街道へ戻ると、車を走行《はし》らせて、その日の宿泊所である「越水ケ原」なる在の民宿S荘に辿り着いた。

そして、二階の部屋（和室）に案内されて、座卓に用意されていた珍しい蕎麦茶を飲むと、漸く人心地ついたのだった。

夕飯迄には未だ時間がある。

先程、社務所で入手した戸隠神社の由緒書を開いてみると、其処には次のような文章が記載されていた。

戸隠神社は、遠き神代の昔、天の岩戸が飛来して化成したと謂われる戸隠山の麓に鎮座する。奥社・中社・宝光社・九頭龍社・日の御子社の五社より成り、創建以来、二千年に及ぶ歴史を有する。御祭神は、天の岩戸開き神事に御功績のあった神々である。

二階の部屋より窓外を望めば、其処には、遮るものとて何も無い澄んだ大気の中空に戸隠山の泰然たる威容が映っている。

由緒書に「天の岩戸が飛来して化成した」と説明されているように、戸隠山の山容は他の周辺の山々（飯綱山、黒姫山、妙高山）とは峻別された、特異な、厳然たる風格を備えている。

その姿は、恰も、鉱物の結晶を幾重にも連結して組み立てられたかの如き形態を連想させるのであった。

巨大な鉱物の結晶連結体が天と地の境に屏風のように聳立している。
威風堂々たる其の特異な雄姿を眺める内に、私は此の戸隠山が、古代から中世、そして現代に至る迄、時代を超えて人々に霊山として崇敬されてきた悠久の歴史を合点した。
そして、由緒書には次の文章が続いているのだった……。

二　伊豆の走り井

後白河法皇が招集《ママ》された『梁塵秘抄』に「平安末期（一一七八年）、四方の霊現《ママ》所は伊豆の走り井、信濃の戸隠、駿河の富士の山……」とあるように、古くから全国に知られた霊山である。

信濃の戸隠、及び駿河の富士の山は今日《こんにち》、誰一人として知らぬ者は居無いであろう。しかし、霊験所として冒頭に記されている「伊豆の走り井」なる地名は何処の場所を指しているのであろうか……。

由緒書を読んでから、旅が了わる迄、そして、戸隠への旅が了わり帰宅してからも、爾来、数ケ月の間、消失したかのように所在不明と成った伊豆の走り井が、奇妙にも四六時中気懸かりと成り我脳裏に取り憑いて離れなくなってしまった。

走り井なる地名を、私はかつて一度も耳にした例《ためし》は無く、地図上で目にした覚えも皆無であった。

しかし、由緒書に依れば、平安時代には伊豆半島の何処かに「走り井」と呼ばれた著名な霊験所が確かに存在していたのである。

何時の頃からか不明だが、何かの理由に因って「走り井」なる地名は人々の記憶からも、或いは又、地図上からも消失する運命を辿ったのに相違ない。

消失に至るその過程には果たして如何なる経緯が存在するのであろうか……？

火山の噴火、或いは地震等の天変地異に因って、地中か或いは海中に埋没し沈没して姿を隠してしまったのであろうか。

然《さ》も無ければ、今日でもそれは伊豆半島の何処かに依然として存在し続けている筈なのである……。

私は幾夜か、家人の寝静まった深更を待って、独り秘かに灯火の下、伊豆半島の地図を机上に展げ、拡大鏡を携《も》って、地図上に記されているかも知れぬ「走り井」なる文字を見逃すまいと端から端まで隅無く捜し続けた……。

　しかし、その作業は予期した通り徒労に了わった。

　他方、私は又、職場の同僚、或いは知人の内で伊豆に多少でも縁のある者だと知ると、手当たり次第に尋ねてみた。

「伊豆半島の何処かに在るらしいのですが、『走り井』という地名をご存知でしょうか……？」

「そんな地名は耳にしたことも無いし、何処の場処を指すものか皆目見当もつかない」

　例外無く、示し合わせたように同じ答えが返ってくるばかりであった。

　消えた地名に関する謎は、解明の見込みも立たぬ儘に放置され続けた……。

『梁塵秘抄』中の「霊現《ママ》所」とは、「霊地・霊境」、或いは「霊地・霊境に建てられた社寺」を意味する言葉であろう。

　平安時代、既に著名な霊験所として人口に膾炙していたのであれば、信濃の戸隠には「戸隠神社」が、そして、駿河の富士の山には「富士山本宮浅間大社」が建立されている如く、伊豆の走り井にも相応の神社が今も猶厳然として「幻の霊境」に鎮座在しているに相違ない。

然も、その神社は群小の神社とは比肩出来ぬ、由緒正しく、格式の高い、尋常ならざる神社でなければならぬ筈である。

しかし、伊豆で霊験所として相応しい神社は如何にしても思い当たらなかった。

辛うじて脳裏を掠めた神社は三島大社であった。がしかし、三島大社の鎮座する地は伊豆の国に近接しているとは言え、其処は駿河の国であり富士の山と同一の国になってしまうではないか……。

「伊豆の走り井」は一体全体、何処に存在しているのだろうか……。

走り井、走り井、走り井……。

斯くして、消失した地名に関する気懸かりは我脳裏に取り憑いて離れなくなってしまった。何故に斯くも気に懸かるのか、我乍ら不可解であった。

この謎が伊豆に関するものでは無く、何処か未知の遠隔地についての謎であれば、是程迄に悩まされることも無かったであろう。

しかし、伊豆半島（豆州）は私が居住する（相州）に隣接する地であり、年に一度は必ず訪ね気軽に出掛けていた行楽の地でもあった。

私にとって其処は極めて親しき場処であり、殆ど知り尽くしていると思い込んでいた地であった故、尚更のこと歯痒かったのかも知れぬ。

戸隠への旅以来、日月は経巡って数ケ月が過ぎていた。

そして、新年を迎えた今年の正月、私は妻と二人で、例年同様、伊豆へ旅立った。

一日目、私達は定宿と成っている伊豆高原の保養所Ｓ荘に宿泊していた。

伊豆高原は大室山麓から海辺（城ケ崎海岸）迄、広大な面積に跨《また》がって拡がる傾斜地（照葉樹林地帯）が開発されて形成された大規模な別荘地帯である。

保養所Ｓ荘は大室山の直下、別荘地帯の一郭に建っている。

廊下の窓より北側を望み見上げれば、頭上間近、目と鼻の先に、擂鉢《すりばち》を伏せた如き特異な形状を保つ、若草色した大室山の円い巨きな姿を見ることが出来る。

そして、保養所の南側に展がる前庭には背丈の高い照葉樹が生い繁っていた。

三　島影

「窓の外を見てよ。島が幾つも見えるわよ」

先に起床していた妻が窓際で、未だ微睡《まどろ》んでいる私を呼んでいる。

急《せ》かされて床を離れた私は焦点の定まらぬ虚ろな眼で窓外を覗いてみた……。

南側に展がる広い前庭の全域は背丈の高い多種多様な照葉樹で埋め尽くされている。

防風林を兼ねた庭の樹木の枝葉が生い繁り重なり合って、窓からの視界を遮っている。

その為、窓外を一瞥しただけでは、樹林の彼方に横たわる悠揚たる海原の存在に気付かぬかも知れぬ。

しかし、目を凝らして能《よ》く能《よ》く窺えば、重なり合って生い繁る枝葉の僅かな隙間を通して、伊豆七島の島々が南方遙か彼方、紺碧の洋上に其の島影を鮮明に映し出しているのだった。

ガラス窓が額縁と化し大きな窓枠の内に描かれた島々……。

墨絵の如く濃淡相混じり合って映し出された島影の麗姿は、恰も、一幅の名画を観るが如きであった。

「左側に大きな島が見えるでしょう。彼の島影が大島かしら……」

「彼は島では無く、半島（伊豆）の何処かの岬ではないのか……？」

しかし、その島影こそ紛れも無い、赤い椿の花咲く島、彼の伊豆大島なのであった。

半島の岬に見間違える程、大島は目と鼻の先に視えたのであった。

大島に続いて山岳島の如き利島、ウドネ島、そして、三宅島と新島が重なり合って一つの島に見える。山の無い平坦な式根島、神津島と続いている。

御藏島と八丈島を除く伊豆諸島の殆どの島影が墨絵の如く、濃淡相混じり合って整然と一列に並び、窓枠の内に納まって映っているのだった。

それは真に幻想的な光景であった。

「これ程沢山の島々（伊豆諸島）を一望するのは初めてね……」

隅々《たまたま》、目前に開示された神秘的な絶景に、妻と私の視線は釘付けと成り、暫くの間、陶然として凝視《みつ》めていた……。

島影を脳裏に刻印すると、やがて私達は食事を了えて保養所S荘を後にし、その日の予定地である下田へ向かって車を走行《はし》らせたのだった。

下田へ至るこの道（東伊豆海岸道路）は幾度走行ったことであろう。往還した回数は数えきれない。

目まぐるしく、次から次へと曲がりくねって延々と続く海沿いの道……。

曲がる度に様々な角度を以て、変転流動し、千変万化する海の相貌を左手に眺めながら走行り続けた。

熱川、稲取、そして河津を過ぎると白浜海岸が視界に入ってくる。

眩しい白砂の砂浜が緩やかな砂丘と成って展がっている。

やがて、鳥居が視えて来て、白濱神社の存在に気付かされた。

「白濱神社にお詣りして行こう」

その時何故か、その小さな神社に魅かれ、急に寄り道して参詣してゆく気に成ったのだった。

珍しく時間に余裕のある旅の途中であった。

白濱神社が其処に存在していることは、数知れぬ過去の往還の度に気付いてはいた。

気付き乍らも今迄は、参詣する気に成ったことは一度も無く、只々、通り過ぎてしまっていたのだった。

思い起こせば、過去、通過する度、瞥見するに、「こぢんまりした神社である」という印象以外、他に何も感じなかった。

海辺に建つ其の神社は、白浜漁村の人々が地元漁民自らの為に建立した村落の産土神を祀る神社であると思い込んでいたのだった。

観光客である私達（他者《よそもの》である部外者）がお詣りする種類の神社では無いという先入観

を抱いていたのだった。

兎にも角にも、私達は神社の脇に設置された、砂浜に隣接する狭い駐車場に車を駐めた。海岸道路に面して構える正門である鳥居を潜らずに、駐車場に面した脇の道から、神社の境内へと足を踏み入れたのであった。

四　白濱神社

海に張り出している、こぢんまりとした森の岬そのものが白濱神社の神域となっている。鬱蒼と生い茂る樹木の枝葉が陽光を遮っているので境内全域は薄暗く翳っている。境内へ足を踏み入れると直ぐの処に、飄々たる、樹齢を経た一本の老樹が植わっている。そして、境内全域の鳥瞰図（絵地図）が描かれた案内表示板が其の老樹に並んで立てられていた。

私達は表示板の前に立ち止まり、暫くの間、その鳥瞰図を眺めていた。絵地図を眺めている内に、何時しか私の視線は「古代祈祷所跡」なる文字（及び絵図）の一点に釘付けとなり魅入られたように凝視していたのだった（それは、神域の最奥部に位置しており立入禁止区域となっている)。

「古代祈祷所跡」なる文字は其の時、我が内なる深層意識のある領域に浸透して、何処かの部位に刺激を与えたのであろう。

その文字は、私が永年、無意識に懐いていた白濱神社に関する先入観を、瞬時にして跡形もなく消滅させてしまったのであった。

この白濱神社は白浜漁村という狭い地域の産土神を祀っているだけの群小の神社などではなく、全く別格の神社であるのかも知れぬ……。

そして、何時の間にか我脳裏では、彼の「伊豆の走り井」が頭を擡《もた》げはじめていた。

「もしや……」という解明への兆し、仄かな光明が射し込んだように感じたのであった。此処は、悠久の時を刻んできた由緒正しき希有の霊地であるのかも知れぬ、という予感であった。

暫く後、私達は緩やかな起伏の続く境内を順路表示に従って巡りはじめた。

境内の各処には柵で仕切られた立入禁止区域が設けられ、柵内では古代の珍しい植生が丁重に保護されていた。

また、半ば朽ち果て、今にも瓦解《こわ》れる寸前に見える古寂びた小さな木造の社殿、或いは苔むした石造りの祠、更に珍種の古樹等々が境内の至る処に保存されているのだった。

その各処各処に副えられた立札の示す内容は例外なく、悉く、古《いにしえ》の神代の時代に関する事跡で占められているのであった。

幾度も繰り返し太古（神代）の記述を読み進む内に、記憶の中の戸隠神社の残像が白濱神社に覆い被さって二重写しとなり、両者が一体化するのを感じていた。

戸隠神社と白濱神社の両神社は「天の岩戸開神話」に象徴される太古の時空を共有しているに相違ない、と直観していたのであった。

伊豆の走り井に鎮座在している筈の天下の霊験所に相応しい神社は未だ発見できず、不明の儘であった。

白濱神社の鎮座する此の地は紛れもなく伊豆の国である。

幻の霊境、伊豆の走り井に鎮座しているに相違ない、と想定する神社が白濱神社であるならば、伊豆の走り井の所在地は既に確定されたも同然である……。

更に、本殿の奥処には旧殿が取り壊されることなく往時その儘の相貌《すがた》（本殿に比して優るとも劣らぬ厳かな風格を備えている）で保存されていた。

旧殿は本殿の背後に隠された儘、人目に触れること無く、ひっそりと秘かに鎮座在していたのであった。

更に旧殿（伝統的木造建築物）は一際高い防禦柵で厳重に護られ、部外者の侵入を厳禁する立入禁止区域となっており念入りに保存されているのであった。

此様な国宝の如き格別な措置の背後には、果たして如何なる理由が存在しているのであろうか……？

一通り巡拝を了えて、境内で見学した種々様々なる事跡の物語る意味を鑑みれば、益々以て、此の白濱神社は尋常一様の群小の神社では無い事を再確認せざるを得なかったのである。

私達は鳥居の傍らに建つ社務所で御守札を買い求め（残念ながら、由緒書は入手不能であった）、そして尋ねてみた。

「此処の神社は相当に古い歴史を所有《も》っているんですね」

「その通りです。三島大社はご存じと思いますが、大社は此処（白濱神社）の分祀《わかれ》なんですよ。彼処の方が立地条件に恵まれて隆盛となり、今では此処よりも有名になってしまいましたが……」

岬の森に隠れるようにして、ひっそりと佇む、こぢんまりとした、簡素な此の白濱神社が、実は、彼の著名な三島大社の本祀であると聞かされた時、私は「やはり……」と得心したのみで意外な事とは受け止めなかった。

白濱神社は予感通りに、小規模とはいえ、尋常ならざる神社である事を愈々以て確信したのであった。

「御存じであれば、お教え願いたいのですが、伊豆の走り井という地名を耳にしたことがありますでしょうか……?」

兎にも角にも、一応は念の為に尋ねてはみたが、案の定、私の期待する返答は得られなかった。

「此処は走り井ではないのか……。他処《ほか》には考えられぬが……」

私は迷想に囚われつつ駐車場へと戻って行った。

五　走る井戸

駐車場の南側には、陽光を反射して燦《きら》めく眩しい白砂の砂浜が緩やかな砂丘となって展がっている。

潮騒の音響《おと》に導かれるように、肌理《きめ》細かな白砂粒の砂浜を踏みしめながら、私達は波打ち際へ向かって、緩と歩いて行った。

小振りの朱塗り鳥居が建っている、とある小さな岩場迄来ていた。

絶え間無く波のしぶきを浴びている小さな岩場は二つに分裂《われ》て、其の間隙には潮が流れ込み白いしぶきを噴き上げている。

そして、其処には白い注連縄《しめなわ》が架け渡されている。

鳥居が建っているその小さな岩場は神域である岬の方面に向かって、連綿と横たわる巨大な岩礁の始まりであった。

それは岬（白濱神社の神域）を抱擁するかのように延びて、壮大な岩の台地を形成しており泰然自若として横たわっているのだった。

その威容は、波濤（凄絶な破壊力を蔵する）の攻撃から岬を防護する目的で造られた堅固な要塞（人工築造物）の如き相貌であった。

私は巨大な岩礁の上に攀《よ》じ上った。

岩床上には広大な空間が展がり間断なく潮風が吹いている。

岬の方面へ向かって歩く内に、足下の岩盤が海水面まで垂直に裂けた渓谷の如き深い裂目が口を空けている場所に気付いた。

その間隙（空中）には、かつて何処でも目にしたことのない、白い巨きな注連縄が架け渡され、その両端は岩盤に嵌め込まれた大きな鋼鉄製の輪に繋がれて固定されている。

深い裂目の底（海水面）を覗いてみると、其処は深く穿《うが》たれた井戸の如くであった。

その井戸の底では烈しく波打つ潮が白いしぶきを噴き上げて、獰猛な怪獣さながらの咆哮を轟かせては猛り狂っているのであった……。

裂目の延長上に当たる岬の岩盤に視線を向けると、其処には、岩礁の裂目と同幅の洞窟が鑿《のみ》で削り取られたかのように抉《えぐ》られ穿たれて方形に凹んでいる。

岬の岩盤の基底部に整然と等間隔に横列しているその洞窟は岩礁にできた裂目と同じ数だけ並んでいる……。

鑿と化した波濤が幾星霜費《か》けて抉り、削り取った痕跡であった。

凄絶な速度で一瞬の内に岩礁の裂目に潜入した潮は間髪を入れず、狭い裂目の出口から絞り出されるように噴き出して、次の瞬間には岬の岩盤に穿たれた洞窟に到達しては繰り返し、繰り返し打ち寄せている……。

斯くの如く、岩礁の裂目から岬の洞窟へと至る幾筋かの潮の流れる道が等間隔に並列して帯状に走っているのだった。

一望するに、その潮の道は恰も、幾筋もの井戸が並列し横倒しになって走っているかの如き様態なのであった。

井戸が走っている。走る井戸……。此の光景は走り井（走り井という地名の意味）そのものではないか……！

走り井という地名は此の景観から命名されたのに相違ない。

私は目前に開陳されている世にも稀なる奇観を呈する「走り井」を愕然として凝視し続けていた……。

六　霊境

魅入られたように、奇観、走り井を眺めていた私は暫く後、軀を翻して岬を背にすると、視線を遙か水平線の彼方に向けてみた。

遮るものは何もない洋上の涯には伊豆七島の島影が其の麗姿を映しているのであった……。

伊豆高原の保養所S荘で早朝、窓枠の内に視た相貌と寸分違わぬ神秘的光景であった。

私は再び愕然として島影の麗姿を凝視し続けた……。

彼方《かなた》、洋上の涯に浮かぶ神秘漂う島嶼。そして此方《こなた》、奇観走り井。

両者を結ぶ目に視えぬ道が広大な紺碧の洋上空間に開通しており、やはり不可視な霊気のごとき何かが其の視えぬ道を絶え間無く頻繁に往来している、と感知したのは私の錯覚であろうか……。

更に視線を左右に転ずれば、其処には巨鳥が精一杯風を孕んで両翼を拡げた如き巨きな湾曲線を描いて、万華鏡さながらの千変万化する大小無数の入江を擁する海岸線が拡がっており素晴らしい波打ち際を形成している……。

足下には奇観を呈する「走り井」がある。そして、類稀なる白砂の展がる美しい白浜海岸。更に伊豆諸島の島影を擁する大海原の絶景（パノラマ）。素晴らしい湾曲を描いて延びる海岸線。そして何よりも此処には戸隠神社を髣髴とさせる白濱神社が鎮座在しているのである。

全ての条件が揃っている。

疑う余地はない、と思われた。

「間違いないよ。伊豆の走り井とは此処の場所を指して謂われた地名だったんだ」

私は断乎として妻に言った。

彼女は無言の儘、只々微笑《ほほえ》んでいるばかりであった。

しかし、腑に落ちぬのは、平安時代に天下の霊験所として人口に膾炙していた筈のそれ程の霊境が今日、皆目人々の口の端に上らぬように成ってしまったのは何故であろうか。

その理由は未だ謎の儘である。

何時の日にか孰れ解明される日が訪れるかも知れぬ。

今は、私にとって「幻の霊境」であった伊豆の走り井の所在地を特定出来た事を以て満足せねばなるまい。

兎にも角にも、伊豆の走り井は地中にも海中にも没する事無く、只今現在、我が眼前の時空に、悠久の時を超えて、その神秘なる霊境を惜しげもなく開陳しているのであった。

比類なき霊境の渦中に囚われていた私は、我が霊肉が巨大な霊域空間（異次元時空）から発する霊験灼《あらたか》なる霊気に溶化され、やがては昇華されて消滅してしまうような錯覚に陥っていた……。

予期した通り、此処には、由緒正しく格式高き白濱神社が鎮座在して、平安の昔より今日に至るまで、この比類なき霊境を見護り続けて来たのであった。

『梁塵秘抄』に誌された伊豆の走り井が往時と寸分違わず今も猶、厳然と実在している事に今更乍ら私は慄然とし、霊境の渦中に囚われた儘、何時迄も茫然自失して佇むばかりであった。

莫々居の謎

一

歳月は瞬く間に流転し、今年もまた春の彼岸会が日月の絡繰《からくり》歯車に運ばれて、季節の表舞台に繰り出されてきた。

K叔父が永遠の眠りに就いている此の霊園は人里より隔たると雖も程遠からぬ山中に、人知れず、隠れ里のようにひっそりと佇んでいる。

時折、森の梢を吹き抜けてゆく一陣の疾風が起こす騒めきは、恰も、波打ち際に奏でられる潮騒の如き調べを連想させる。

そして、天翔ける野鳥の、けたたましい鳴き声が霊園を包囲する森の虚空に共鳴する。

今より後、ほんの半月も経てば、色艶やかな無数の桜花が時を得て一斉に咲き乱れ、絢爛豪華な衣裳を纏って全山を覆い尽くし異世界の花の舞台に妖変するのである。がしかし、今は未《ま》だその時節では無い。

霊園は深々とした静寂が支配する森の奥処に眠った儘である。

霊園全体は山の傾斜面を自然の儘に利用して階段状に造成されているので、どの区画から望んでも鳥瞰的景観が開けている。

K叔父の墓前に走る崖地状の狭い通路に立って遥か眼下を望めば、広大な面積を覆い尽くして拡がる森林が緑地の帯を形成しつつ延伸している。

帯状の緑が途切れたその向こうには、洋々たる紺碧の大海原が天空の下に悠揚として横たわっており陽光を反射して眩く輝いている。

雄壮な景観を擁した小宇宙が此処にある。しかし、霊園全体は飽く迄も、今は未だ寂寞たる森の奥処で静かに眠っているかのようであった。

二

K叔父の永眠る墓碑には「莫々居」と銘が彫られ刻まれている。

墓地をはじめ、墓碑も墓碑銘も全てK叔父が生前自ら用意し既に完成されていたものである。

「Kさんは何故、斯様《このよう》に寂しい文字を刻んだのかしらねえ……」

「莫々居」の文字を目前にして瞑目合掌する度に妻と私の胸中に去来する不可解なる謎であった。

墓地も、そして墓碑も、抑《そもそも》、其の物自体が寂しい存在である。にも拘わらず、更に寂寥感を増幅させる「莫々居」なる墓碑銘を刻まざるを得なかったK叔父の凄絶な懊悩は私には想像の域を越えたものであったであろう。

晩年、K叔父の霊肉を浸蝕していた暗澹たる心象風景を垣間見るようで、遣り切れぬ、傷ましい感情に襲われるのであった。

「最後になってしまったお見舞いの時だったわ。既に喋ることも儘ならぬ、死線を彷徨《さまよ》う寸前の重態に陥っていたKさんは病床に寝た儘私の手を握り、訴えるような瞳の色で私の眼を凝《じ》っと注視《みつ》めながら、声には成らなかったけれど何かを言っていたのよ。彼《あ》の時、Kさんが私に伝えようとして声にならなかったその言葉は果たして何だったのか、以来、私は考え続けているの……。それは今以て明確《はっきり》とは判らないのよ……」

妻のEはK叔父が彼岸へ旅立って後、独り秘かに自問自答を繰り返してきた胸中の気懸かりを私に告げたのだった。

こうして墓前に佇めば、在りし日のK叔父の面影が森の虚空に浮かび映って何かを語りかけてくる気配に囚われる。

K叔父の生涯に思いを馳せる時、私は自らの生活の存立基盤が如何にK叔父のお蔭に負っているかという歴とした事実に今更乍ら気付かされ愕然とするのであった。

仮に、K叔父という存在が私の人生に介在していなかったとすれば、私の存在様式は現在とは全く別世界の様相を呈していたであろう。

生前、K叔父より享けた印象的な事跡が脳裏を過《よぎ》っては消え、繰り返し憶い出されてくるのであった。

数えきれない、語り尽くせぬK叔父の介在した思い出の数々……。

なかでも格別に印象深い光景がある。

それはK叔父の書斎の威容であった。

三

K叔父の書斎には、浩瀚なる夥しい冊数の書籍が所狭しと溢れていた。

隙間なく書物で埋め尽くされた幾つもの書架が壁際に整然と並んでいた。

少年期の私にとって、その壮観な蔵書群の詳細な内容については不明であった。

未だ醒めきらぬ朦朧とした意識の儘に揺籃期の延長上で漫然と日々を過ごしていた当時の私にとっては、書斎に溢れる書物の厖大な数量そのものが驚異なのであった。

生涯を貫いて旺盛な好奇心を喪失《うしな》うこと無く、強靭な意志の力で弛まぬ努力を惜しまず、向上心に富んで学究肌であったK叔父……。

書斎の威容はK叔父が長期に渉って継続励行してきた知的生活の証左でもあった。

「私は大人になった時、K叔父のような読書体験（充実した知的生活）を経た人物として存在（生活）しているだろうか……」

私は知的生活の志向を懐いていた未来の自画像を、書斎の威容から想定されるK叔父の生活様式に重ね併せて比較想像していた記憶がある。

K叔父の書斎の光景は成長過程（幼少年期より成人するまで）を通して、陰に陽に、私の深層意識に少なからぬ影響を及ぼした。

生来、教養主義的家庭環境とは無縁であり知的刺激にも恵まれていなかった私にとって、それは「知的生活」の具現化された殆ど唯一の存在なのであった。

書物に関する造詣の深さ、及び蔵書冊数で、何時の日にかK叔父を凌駕するのだという強迫観念に似た自己暗示に罹って、駆られるように幾年月過ごしてきた結果、読書という行為は遂に私の属性と成ってしまった……。

或る時、私はK叔父の書斎に籠もり、その厖大な蔵書の内から一冊の書物を抽出して読み耽っていた。『石川啄木集』（河出書房、現代文豪全集、昭和二十八年九月十五日初版発行）という書名であった。

ゆえもなく海が見たくて　海に来ぬ　こころ傷みてたへがたき日に
旅七日　かへり来ぬれば　わが窓の赤きインクの　染みもなつかし
はたらけど　はたらけど　猶わが生活楽にならざり　ぢっと手を見る
たはむれに母を背負いて　そのあまり軽きに泣きて　三歩あゆまず

（『一握の砂』より）

私はその時迄、歌集（短歌）の如き類書に目を通したことは無く初めての体験であった。啄木が淡々と詠む貧窮生活は当時の私を育んでいた境遇そのものであり、親近感を抱いたのであろう。

僅か三十一文字に過ぎぬ言葉の羅列から、憂き世（日常生活）の哀感、そして啻《ただ》ならぬ郷愁が伝わってきて鮮烈なる印象を受けたのであろう。

『一握の砂』全編に迸《ほとばし》り流れる情感溢れる歌の旋律は少年期の幼稚な私にも多少は読解出来たのかも知れぬ。

天才歌人・啄木の魂が奏でる不可思議で心地よい言霊空間に魅了され没頭していたのであった。

「その本は、おまえに進呈《あげ》するぞ」

K叔父の声が聞こえた。

K叔父にとっては大切な蔵書の一冊であったであろう、その『石川啄木集』を、分別のない幼い私如きに、家に持ち帰ってよい、と言ったのだった。

知的志向の些細な兆しを見逃すこと無く、その萌芽を育み見護らんとする慈しみに充ちた意志と視線を想起する時、自ら、胸に熱き血潮が込み上げ感謝の念を禁じ得ないのである。

黒褐色《セピア》に色褪せ変色した函入りの『石川啄木集』は爾来、今も往時の記念として私の書棚の片隅に納まっている。

四

K叔父は他界する十年前に主治医より峻厳なる宣告を受けていたのだった。

「貴方の余命は、凡そ、あと十年です」

K叔父は天命の尽きる時節を宣告され、そして十年後、予告通りに此世を旅立ち、彼岸に架かる橋を渡り切って逝ってしまったのだった。

人は皆、彼岸の世界の隣人である宿命を負わされている。

何時の日にか孰れ天命尽きて、此世と離別しなければならぬ時の訪れることを知っている。

しかし、それでも我々が精神の平衡を保っていられるのは、その時期を明示されること無く不明の儘に過ごせるからであろう。

余命を宣告される時迄、K叔父の生活は順風満帆とは言えずとも比較的波風の少ない平穏な日々であった。

宣告は青天の霹靂であったであろう。

医師の言葉を耳にした時、K叔父の精神は奈落の底へ突き落とされ、運命の針路は一瞬にして暗転したのである。

仮令《たとえ》精神の均衡が崩れたとしても誰も咎める者は無かったであろう。

然るに、K叔父は以前と寸毫も変わらぬ生活を淡々と続行したのだった。

他目には静謐に見える生活を自ら保持しつつ、其処に身を置き乍ら、内実は敢然として非情なる運命に抗し、凄絶なる格闘を始めていたK叔父の姿が憶い出される。

K叔父にとっては「余命十年」を如何に過ごすべきか、喫緊の一大肝要事であったであろう。

強靭なる意志力で全智全能を傾け、全身全霊を注いで、暗転し始めた運命の歯車を逆転させるべく試行錯誤を重ねていた姿は真に傷ましい限りであった。

私はK叔父の艱難に対し、何一つとして救援の手を差し伸べることの出来ぬ自分の非力に絶望していた……。

K叔父は運命に抗し、宿命と闘い続けて苦汁に充ちた十年を見事に生き抜いた。

「莫々居」なる墓碑銘には、苦闘の十年の内にK叔父が体験した到底余人の窺い知れぬ凄絶なる懊悩が凝縮され投影されているに相違ない、と想像する外は無い。

K叔父の遭遇した晩年は真に数奇なものであった。

今の私にとって、「莫々居」なる墓碑銘に込められたK叔父の真意は依然として謎の儘である。

玄想微片

樹木霊の存在

今から二十数年ほど昔の事である。

当時私達家族は城下町O市で隅屋敷と呼ばれていた閑静な住宅街の一郭に住んでいた。幼年時代から成人する迄、私の育った家屋敷は借家だった。その故郷の家は遠い昔に取壊されて、今は既に見る影も無い。

しかし、隣家のI家は今も猶、昔の面影を留めて、その懐かしい家屋敷は隅屋敷の一郭にひっそりと残っている。

その当時、私の家の南面の庭と、I家との境を仕切っている塀沿いに十数本の杉の樹木が植えられてあった。手入れをせずに放っておくと直《じき》に枝葉が成長し繁茂してしまうので、当主のH氏が時折剪定していたのを記憶している。

　I家は旧O藩・城代家老の直系子孫に当たる由緒ある家柄であった。その頃、I家には八十才を超えた老齢のH氏の御母堂が御健在であった。

　或る時、H氏は境界に植えられた杉の樹木の主枝を思い切り大胆に伐り取ってしまった。十数本の杉の木は枝葉は元より主枝が殆ど無くなって、幹ばかりが目立つ有様になってしまった。

　それから暫くして、老齢のH氏の御母堂は病気がちとなり、やがて臥せるようになって、間も無く他界されてしまわれた。

　後日H氏は杉の主枝を伐り取った事と、母親の病死との因果関係があるのではないかと思い悩んでいたという事を、私は伝聞してきた母から聞いた覚えがある。

　永年、庭に植えられてあった樹木は、其処に暮らす家人同様、喜怒哀楽を共に過ごした細《ささ》やかな生活を共有してきた筈である。

　屋敷内の樹木は運命共同体としての意識を持っているのではなかろうか。

　植物である樹木が犬猫同様の類似した意識の様なものを有していても不思議ではない。

　樹木霊と言えるものが存在すると仮定しても、それは姿も見えず、音が聞こえるわけでもない。しかし、共に生きてきた家人に対して、運命共同体の如き感情を抱き、何か得体の知れない影響を与えているかもしれぬと私は時折感じるのである。

夢境読書三昧

私は十数年間の永い間、炎天の夏も、深霜の冬も、家と職場の間を往復四時間ほど掛けて長距離通勤している。

出勤時刻が迫ると、私はまるでバネ仕掛けの自動人形の様に玄関から外へ跳び出る。そして、昨日と同じ時刻の通勤電車に乗り込み、いつも座る窓際の席に腰を下ろす。

私は先ず、何はともあれ煙草に火を点ける。間も無く、発車のベルが鳴る。やがて車窓の外に展開する風景を只々眺めている。

双子山、明神ケ岳、明星ケ岳が屹立する箱根の峰々が次第に遠離《とおざか》るにつれて、富士山が刻々変わる山脈の合間から遠くに顔を出してくる。すっかり水量の少なくなった酒匂川を越えると、やがて、天と地の境に屏風の如く聳える丹沢山塊が映し出されてくる。

刻々変転流動する山々の姿に心奪われ、飽かずに眺め続けている。

凡そ三十分経った頃、大自然の雄姿が視界から消え、一転してコンクリート製ビル群の建ち並ぶ人工都市景観に変わり始める。

その頃になると私は徐《おもむろ》に鞄から本を取り出し、未だ眠りから醒めきらぬ朦朧とした意識のまま文字を追い始める。暫くすると、本は膝の上に置かれた状態で、私は何時の間にか夢次元時空で遊んでいる。

此様にして十数年の歳月が過ぎて行った。

或る日、私はいつもの様に既に夢の中に居た。夢の中で、私は小さな文机に向かって座蒲団に正座している。経机の如きその小さな文机の上には一冊の書籍が開かれている。

そして私は其処に刻印されている一文字一文字を、目を凝らして懸命に追っているのだった。その文字群は驚くべき事に、送り点も返り点も全く無い漢文なのである。それらの文字は又、経文の様でもあった。難解極まる漢字ばかりが頁いっぱいにギッシリと羅列している。

そして私は全ての文字の意味を納得しつつ、読書三昧の境に身を委ね、恍惚境に陶然としているのだった。

言う迄もなく、現実の私は到底その種の難解な書物を読解する能力は全く無い。

しかし、夢境での私は其の難読文字を自由自在に読破し、更に意味をも勿論理解している。そして、その時の意識は、不思議なことに、四次元の夢時空で読書三昧の恍惚感に浸っている私を、遠くの方から、三次元にいる私の覚醒意識が鳥瞰しているという二重の構造になっているのだった。

この夢境読書三昧の体験を思い浮かべる度に、難解な文字を自由自在に読破している私という存在に何か意味があるのだろうか、と時折私は考える。

夢境での私は前世の記憶の残骸か、或いは又、来世の予兆であろうか。将又《はたまた》、それは今生での将来を暗示しているのであろうか――等々。私は勝手な想像の世界に遊泳するのである。

丈母の予知夢

今から約三年余り前の事である。

当時、妻の実家では義兄・Mが結婚して一年余り経った頃の事である。山里の旧家で暮らす年老いた両親にとっては、一人息子である長男が漸く結婚し、まずはひと安心という時期であった。中々よく出来た近所でも評判のよい息子は、当然の様に老いた両親と同居して新婚生活をはじめていた。しかもその上に、目の中に入れても痛くない可愛い孫娘も誕生したばかりで、これ以上は何も望むものとて無いという幸福の真只中で日々暮らしていたのだった。

ところが其の時、信じられない、否、信じたくない、有り得べからざる事件が起こったのだった。

Mはリンパ腺ガンという不治の病であると宣告されたのだった。Mはその忌まわしい病気に罹ってから半年も経たずに、三十三才の短い生涯を了《お》え、彼世《あのよ》へ旅立ってしまった。此世《このよ》に年老いた両親、短い新婚生活を共にした妻、そして一才にも満たぬ愛娘を残して無念の一生を了えたのだった。

一家の大黒柱を奪われた家族の悲しみは到底筆舌に尽くし難いものだった。

Mが逝ってから約半年後に、岳父は老後を託していた掛け替えの無い一人息子を失くした悲しみに耐えきれず、生きる気力を喪失してしまった。食物が殆ど喉を通らず、結局、息子の後を追うようにして泉下の人と成ってしまった。

それから更に半年後に丈母も、次々と襲いかかる積もり重なる心労に耐えきれず、伴侶の後を追って逝ってしまったのだった。

Mが彼世に旅立ってから、二年も経たぬ間に老いた両親が続けて他界してしまった。

生前、丈母は私達夫婦や義妹に自分の視た不思議な夢について話してくれた。

彼女は三十数年前、長男のMを出産した時の夢をずっと覚えていると言った。

「Mが生まれた時に視た夢は不思議な夢だったので、今でもよく覚えているんだよ。夢の中で、お目出度い筈の鶴が飛んでいるんだけれど、その鶴はガラスで出来ていたんだよ。ガラスで出来ているという事は割れるということだからね。今から思うとMは生まれた時、既にこうなる運命を背負っていたのかも知れないねえ」

又、彼女はMの病気を知らされる一週間ほど前に視た夢についても話してくれた。

「Mの病気が判る前に奇妙な夢を視たんだよ。裏の山が崩れてきて、土砂が家のすぐ近く迄押し寄せて来る夢なんだよ。今思うと、あの夢はMの病気を暗示していたんだねえ」

そして、丈母から聞いた最後の夢の話。

「この間、奇妙な夢を視たんだよ。気味が悪いから、誰かに話してしまったら気持ちが楽になると思ってね。自分の前歯が三本きれいに抜け落ちてしまった夢なんだよ。妙に気掛かりでねえ。一体どんな意味があるのかしら」

私達夫婦がその話を聞いてから一週間ほど経った厳冬の早朝だった。丈母は岳父が他界した時の様に、夫と息子の後を追いかける様にして、此世から姿を隠してしまった。

後程、私達夫婦は暦に記された夢判断を読んで、丈母の話してくれた予知夢を思い出していた。私達は暦に次の様な文を見つけた。

・山くずれる夢は大いにわるし

・歯が抜け落ちる夢は親戚に不吉事あり

彼女は自分の最後を夢で予知し、私達に告知してから、彼世へ旅立ってしまった。彼女の話してくれた不思議な予知夢は、残された私達の脳裏に深く刻み込まれて、今でも折に触れ思い出すのである。

妻の予知夢

不思議な予知夢を話してくれた丈母の三回忌が済んだばかりの頃だった。

或る日、妻は視たばかりの夢を私に話した。

「今朝、嫌な感じの夢を視たのよ。一生懸命髪の毛を梳《す》いている夢なのよ。何か気味が悪くてね。変なことが起こらなければいいんだけれど」

私達はすぐ暦の「夢判断」の頁を開いた。
・髪をくしけずる夢は心配事あり
と記されていた。隣の行には、
・髪抜け落ちる夢は子に祟り事ありて凶
と書かれてあった。

私は急に不安を感じて妻に確かめた。

「髪は抜け落ちなかったんだろうな」

妻は只、梳《くしけず》るばかりであったと答えた。しかし私は少しは抜け落ちたのではないかと内心動揺していた。

それから一週間後、帰宅した私に妻が、

「今日、Kが車とぶつかったのよ。大した事は無いようだけど……」

私は妻の視た夢を思い出し、不吉な予感がした。

「吐き気も無いし、本人もケロッとしているし、何でも無いと思うんだけれど」

幼稚園生で二男のKは、診断の結果、何事も無くて済んだ。しかしKが事故に遭った事により、私は妻の予知夢が正確なものであった事を思い知らされた。

やがて私は、かつて数々の不思議な予知夢を話してくれた今は亡き丈母に、妻の姿を重ね併せて考えるようになっていた。

ひょっとすると、丈母は正夢を視る能力を所有していたのかも知れない。そして、同様の力が妻の血の中にも受け継がれ、流れているのではなかろうか。

妻の実家、或いは丈母の家系には、その様な血が流れているのかも知れない。

もし、想像する様な血脈があるとすれば、それは丈母以前の昔に遡って探究しなければならない。

様々な妄想が私に襲いかかってきた。しかし、それが只の妄想でないとは今の時点では確証できない。

私は調査をはじめた……。

変化する手相

今から十数年ほど前に、私は何かの契機で、或る時、右手掌に刻まれた手相が変化している事に気付いた。

その時以前には確かに何も無かった筈の運命線が、右手掌の中央辺りに、短いがしかし、明瞭《はっきり》と、知能線と感情線を貫いて縦に刻み込まれているのを発見した。爾来、手相は変化するに相違ないと私は信ずるようになった。

その生まれたばかりの短い運命線は発見した時には二センチほどしか無かった。しかし、十数年後の現時点では五センチほどの長さに成長しているのである。

だが、それ程迄に成長を続けていた運命線は、この数年間というものは、すっかり成長が止まってしまったかのように、延びる様子が全く見られないのである。

此様な新たな線の誕生、成長、そして停止という事実の背後には何かの意味があるに相違ない。

その隠された意味を見出そうと、私は俄然、手相に興味を抱くようになった。

運命線が成長していた年月、私は如何なる生活を送っていたのか。

そして、停止しているこの数年間の生活を顧みなければならぬと思った。

悪夢の中の卵

幼年期より少年期に至る迄の間、私は病気で高熱を出して寝込む度に同じ内容の夢を見るのが常だった。

其の夢は当時の私にとっては非常に恐ろしい悪夢なのであった。その悪夢の鬼気迫る恐怖感を正確に伝える事はとても出来そうにない。しかし、敢えてそれを文字を以て再現するならば大略次の様な内容となる。

純白色の卵形物体だけが暗黒の夢空間に浮いている。無重力状態の様に浮いているその卵は、緩やかな上下運動を永く執拗に繰り返している。その単純な上下の運動が終わると、その卵は次に、暗黒の夢空間いっぱいに巨大な卵と化して拡大する。かと思えば逆に、米粒ほどの極小に縮小するという運動を、交互に、やはり執拗に繰り返すのである。

其の世にも不思議な光景が展開されている暗黒の夢空間は、実に、音という音が全く聞こえない沈黙の世界なのであった。

以上が若年期の病気の度に私を悩ませ続けてきた悪夢の概要である。

卵形物体の奇妙で異常な運動は勿論であるが、それにも増して恐怖心を掻き立てられたのは、音という音が微塵もない恐るべき沈黙の世界であるという、正にその事なのであった。その沈黙空間から伝播する不気味な雰囲気は到底筆舌に尽くし難いものであった。

何者か恐ろしい人物、或いは怪物が登場するわけでもなく、舞台装置としての風景らしきものが背景にあるわけでもない。況《ま》して、物語としての筋らしきものは片鱗も見当たらないのである。前述の様に、只々、沈黙と卵形物体の上下、拡大、そして縮小という、全く意味不明の異常な運動があるばかりなのである。何故卵が出て来るのか。

その卵形物体は、私が胎児であった頃の夢の記憶か、或いは、前世の記憶の断片であるのか。将又《はたまた》それは、来世の私に起きるべき未来からの予兆信号でもあるのか。未だにその卵の意味する所以は、皆目見当もつかず、全く理解不能のまま放置され続けている。思えば、奇妙で不可思議な悪夢であった。

不思議な縁の糸

　誰も皆、無意識のうちに、時々刻々、各人各様の特色ある精神世界の羅針盤に従って針路を決定しつつ日々生活していると言える。意識の深層に沈澱し、潜在意識と化して人を操る程に成熟した、その精神の羅針盤は、何時、何処で、如何にして形成されるのであろうか。

　私の場合、それは、Kとの親交によって其の基礎部分が作られたのだ、と考えている。高等学校入学時より二十才を過ぎた頃に至る迄、私が深交を結んだ者はKひとりだけだった。毎日毎日、学校内では勿論、放課後でも、影の形に寄り添う如くに、私は常にKと一緒に居た。

　Kの眼差しは聡明そうな光を放ち、落ち着きはらった物腰で話す言葉の端々からは、強靭な意志と、強固な自信とが垣間見られた。思慮深げで、しかも威厳の漂う風貌から、周囲の同級生に一目置かれている存在だった。

同時に又、少々風変わりな人物としても見られていた。Kの個性は既に大人の如き風格を帯びていたので、同級生の中に居るKの姿は、私の目には際立った存在として映っていた。

一方、私は威風堂々としたKとは対照的に、自分自身に対して全く自信がなく、根拠不明の劣等感に苛《さいな》まれていた。Kは私に欠けている好ましい性質の全てを兼ね備えているように思えたのだった。

夏休みの或る日、私は自転車に乗り街の外れに在るKの住家を初めて訪ねた。

Kの住居は古びて、こぢんまりとした木造アパートの二階の一部屋であった。

「K君は独りで住んでいるのかい」

その狭い木造アパートの一部屋に招かれて、私は平静を装いながらも内心驚いていた。

彼には一緒に住む家族が居ないのだろうか。

Kの母親は彼が未だ乳飲み子の頃に亡くなっていた事は以前より聞かされて知ってはいた。そして、父親も前年の夏休みに他界していた事を思い出した。しかし、二人の兄さんとも別れて暮らしていることは聞いていなかった。

「去年の夏、親父が死んでから此処のアパートに住み始めたんだ。飯の仕度も全部自分でやるんだよ」

食事の仕度も自分ですると聞いて、私は再び驚いた。

「大変だねえ……」

「慣れているから、君が考える程の苦労ではないんだ。御飯は小学生の頃から炊いているからね。親父が働いている時は子供が作らなければならなかったんだよ」

私は、Kが小学生の頃から御飯を炊いている、と聞かされて復々驚いていた。

暫くすると、Kは一枚のLP盤レコードを手に取って言った。

「君はこの曲を聴いたことがあるかい。僕はこの曲が好きなんだ……」

ベルリオーズ作曲『幻想交響曲』だった。その時、Kは何故その曲が好きなのか、好きになった理由、経緯等について説明してくれたと記憶している。しかし、その詳しい内容について今は殆ど思い出せない。

曲が了《お》わり感想を求められたが、その時の私には気の利いた一片の言葉さえ口に出すことが出来なかった。

やがてKは「T・K様」と宛名の書かれた一通の封書を私に差し出した。

「この手紙、読んでみるかい」

数枚の便箋の一枚一枚には、隙間なく、所狭しと、夥《おびただ》しい量の小さな文字群が埋められていた。その手紙には、神社仏閣、絵画、仏像、彫刻等々、古都奈良に存在する様々な美術、文化財についての感想が蜒々《えんえん》と書き綴られていたと記憶している。

「兄貴は、奈良の仏像に魅せられてしまったらしい。当分の間、奈良に住むと言っていたから、暫くは帰って来ないよ」

私はその時、難解な文字、熟語を駆使した文章で、知的な内容の手紙を交換する関係にある兄弟の存在に感銘した。

そしてKは、「これ、君にあげるよ」と言って、小さな薄い冊子を私に手渡した。その表紙には『R・K詩集』と書かれていた。

「R・Kは、兄貴のペンネームなんだ」

それは「現代詩」と呼ばれる範疇の詩集で、著名な出版社から発行されていた。Kの長兄は「詩人」だった。

私は其の日、幾何《いくばく》かの衝撃を受けてKと別れた。Kを通して学んだ世界は、未熟な私にとっては全てが新鮮であり驚異であった。爾来、数年に亘り、私はKの影響下に生活する運命であった。

当時、Kの目に映った私の姿は、両親の庇護下に育った、何らの特色も無いひ弱で凡庸な人物であったと思われる。しかし、多数の同級生の中で両者が自然に交友関係を結ぶに至ったのは何故か。

目には見えぬが不思議な縁の糸がKと私とを繋ぎ結びつけたのだ、と私は勝手に想像している。

その縁の糸が多感な時期を選び、数年に亘って紡ぎ続けられることにより、太い糸へと成長し、そして、その糸を通過し補給された栄養が私の精神世界の羅針盤の基礎を築いたのだ、と思っている。

顧みれば、未熟であった私は其の時、Kを足掛かりとして、未知の異次元世界へ足を踏み入れて行ったのだ。

今更ながら、もしもKとの遭遇が無かったならば、現在の私の心象風景は全く別次元の様相を呈していたに相違ない、と思われる。

過ぎし日々、少年期の殻から脱皮して、大人への変態を準備しなければならなかった人生の節目の時期に、私の精神世界の羅針盤を形成した不思議な縁の糸に思いを馳せれば感慨無量である。

幻聴の朝

結婚して間も無い、或る爽やかな秋の早朝の出来事は今でも鮮明に覚えている。

私は二階の寝室で既に目覚めていたが、蒲団から出られず横臥した儘目を閉じていた。

窓の外では野鳥の群れが絶え間無く囀《さえず》っていた。心地よい鳥の奏でる音色に耳を澄ませ静かに聴き入っていた。

私は静寂が漲《みなぎ》っていたその朝の気配に少しでも長く浸っていたいと思いつつ微睡《まどろ》んでいた……。

その時、突如として私の枕下の間近で若い女性の啜《すす》り哭く声が聞こえてきたのだった。

決《しゃく》り上げる様な奇妙な声の調子、長く尾を引いて途切れない異様に高い音色の響き、肺腑を抉《えぐ》るが如き若い女性の哀切な号哭に尋常ではないものを感じつつ、私は目を閉じたまま暫く耳を傾けていた。

「この哀調を帯びた声の主は一体全体誰なんだろう。妻の哭き声だろうか……？　それとも近所で誰か見しらぬ女性が哭いているのか……？」

やがて、その女性の号哭は急に止んだ。

私は両目を開き寝床の周辺には誰も居ないことを確かめた。

「怪《おか》しいな……」

私は窓を開け外の様子を窺ったが、それらしき人の気配は全く無い。啜り哭く若い女性の影も形も見当たらなかった。

腑に落ちぬ儘、私は着替えて階下へ降りていった。妻は台所で朝食の仕度をしている。何事も無かった様子である。況《ま》して、啜り哭いたような形跡は微塵も無いのだった。

当時、新婚の私達夫婦は互いの意志疎通が未熟であった。不用意に喋った一言から誤解が生じ、それを解こうと説明を加える別の言葉によって、更に又、新しい疑心暗鬼の念が一層増幅されてしまう、という悪循環の繰り返しだった。私はそうした泥沼状態から早急に脱け出さねばと焦っていた。

互いの距離は対話によって埋める以外に手立ては無いと思いつめていた。

しかし、その種の会話に慣れていない妻は話の途中で、結局、貝の如く口を閉じ、黙秘してしまうのが常であった。そして私はそうした閉鎖的な彼女の態度に対して増々苛立ってしまうのだった。

父母の躾、家風等、生い立ちの全く相違した男女が一つの屋根の下に暮らし、更に加えて、相互に理解し合うという事が如何に大変な事なのかと私は悩んでいた。

そうした経験は、私は勿論、新婚の妻にしても初めてであった。今顧みれば、彼女の方こそ、慣れぬ環境での暮らしは心労の連続であったに違いない。しかし、未成熟な当時の私には、相手の心情を推し量り、慮るという惻隠の情に欠けていた、と言わざるを得ない情け無い状態であった。

新婚の妻は日夜、心の中で悲鳴をあげていたのかも知れぬ。思い遣りの無い薄情な私を怨めしく思っていたであろう。

私は彼《あ》の秋の「幻聴の朝」以来、我身の思い遣りの無さ、そして狭量を恥じ、至らぬ自分自身を責めたのだった。彼女が心の中で叫んだであろう数えきれぬ日夜の悲鳴はあの「幻聴の朝」なる時空の焦点に集中し、集合し、そして通過した途端、それは太い一本の束と化して哀切を帯びた異様な声音に妖変したのに相違ない。

そして妖変したその慟哭は私だけに聴こえたのだ、と今では秘かに納得しているのである。

母の霊と彼岸花

今年も復、母の永眠《ねむ》る墓地へ通ずる寺の山道沿いに彼岸花が咲いている。

彼岸花は、年年歳歳、澄みわたった爽やかな秋空の下に咲いているのだった。

燃える炎の如き姿そのままを象った様な真紅の花弁を咲かせている彼岸花……。

あの日以来、二十数年の歳月が私の霊肉の中を通り過ぎて往った。しかし、その光景を見る度毎に、私の意識は遠い昔の彼《あ》の日の状態に戻って行ってしまうのだった。

其の日に起こった様な出来事は物語の中でこそ起こっても、平凡な日々の続く自分の身の周囲では起こり得ない事、と思っていたのは私の油断であった。

其の日は私が二十七才の秋、彼岸の中日だった。母が突如として、此世と彼世の境界に架けられた橋を渡り切って逝ってしまったのだった。然も、誰にも一片の言葉さえ告げずに、自らの意志で二度と戻れぬ異界へ通ずるその橋を渡って逝ってしまったのである。

今、顧みれば、未婚であった当時の私にとって、母（そして父）の存在は苦界穢土を生きてゆく掛け替えの無い唯一の意味であり支えでもあった。その母が突然、此世から姿を隠してしまった。

私は大切な物を失った喪失感と虚脱感で、暫くの間、呆然状態に陥ってしまった。勤労意欲を失くし厭世観にとり憑かれて、頻繁に休暇を費《と》るようになっていた。夜となく昼となく、まるで夢遊病者の如く、只々、街から街を何の目的も無く彷徨《さまよ》い歩く日々が続いた。唐突な母の行為の「理由」に呪縛され、突然襲い掛かってきた運命の変事に翻弄されて、私は憔悴し生存意欲が衰退していった。

時折、私は母を追って彼岸へ渡ってしまいたいとさえ願うようになった。

遺書を書いては破り、復、書き直すという様な暗澹たる日々が過ぎていった。

しかし結局、天与の寿命を左右できるような能力の無い自分の立場を自覚せざるを得なかった。

二十数年前の彼の日と寸分違わぬ寺の光景、燃える炎を象った真紅の彼岸花を見る度に、在りし日の母の面影が哀しく胸を衝き上げてくる。

母は脳血栓の後遺症である半身不随と言語障害を克服しようと、日夜、己と格闘していた。寸暇を惜しんで、家の中では狭い廊下を行きつ戻りつ歩行訓練に励んでいた。最初の頃は不明瞭だった言葉も殆ど聞きとれる程に回復していた。不自由な軀で何処へも出掛けられぬ母の日常は、父と私が帰って来るのを、只管、独りで待っているだけの、楽しみの無い辛い寂しい生活であった。少しでも帰宅時刻が遅れると、「今日は何があったのよ」と、決まって子供の様に尋ねた。

「あの日」の一週間程前の休日の事だった。

私は起床して階下へ降りて行くと、父は台所で朝食の仕度をしていた。

母は気丈にも一人で朝の散歩に出掛けていた。その時、急に雨が降りはじめた様子だった。

「早く傘を持って行ってやってくれ」

父の言葉を背に私は外へ跳び出した。母の姿は直ぐに見つかった。

「ドンドン」と呼ばれている用水路の水門の辺りで、半身不随で思う儘にならぬ両脚を懸命に操りつつ雨に濡れながら帰路を急いでいた。

「よくわかったねえ……」

満面に笑みを浮かべ、雨はそれ程大層な事では無いという様子で、嬉しそうに言った。

「いつも、彼のように遠くまで回っているの？」

と聞くと、母は頷いた。

歳歳年年、秋の彼岸が巡って来ると、母の霊が真紅の彼岸花を咲かせ私を待っているのだろうか。

「よく来てくれたねえ……」

懐かしい声音で語りかけてくる母の声が寺の境内に響いて来る。そして、爽やかな秋空には在りし日の母の面影が映っているのである。それは一瞬の内に時空を超越する不思議な感覚であった。

暗中飛翔の白昼夢

一

私が不安な焦燥感（それは、定かには視えぬ朦朧とした標的に向かって、背後から何者かに急き立てられ駆り立てられているかのような感覚であった）に取り憑かれて、四六時中悩まされるように成ったのは、今より凡そ二年前に溯る……。

精神の均衡を喪失《うしな》わせる、受動的で不安な其の感覚は遙かな昔に体験したような朧げな記憶も存在《あ》ったが……。

二年前、長男・Rは二浪の末、或る地方都市の大学に漸く入学が決まり、下宿生活を始めるべく家族と別離《わかれ》て巣立って行った頃であった。

介護を要する老齢の父は、妻・Eの手厚い看護下に養生しており、危急の心配は無い落ち着いた容態であった。

父の病状に関しては、小康状態が続いていたとはいえ気懸かりではあった。が、医師ならぬ身の私には、主治医の処方箋に従う以外、他に施す術は無かった。

私大の附属高校に在学（二年生）していた二男・Kの進路に関しては、推薦入学が確実視されていたので心配は無用であった。

杞憂《きゆう》の大半を占めていたRの進路が兎も角も決定したことで、家族全員を金縛りにしていた重苦しい緊張感は雲散霧消していた……。

息子二人の進路に関する杞憂が解消した頃を境にして、私（及び妻）は子育てが一段落した過渡期を迎えていたのかも知れぬ。

今後は、久しく疎遠であった静穏な微風が日常空間に流れて来るに相違ない、と待望していたのであった……。

しかし、案に相違して逆にその時から、穏やかならぬ、急き立てられているかのような焦燥感に取り憑かれて、私は昼夜の別無く悩まされるように成ってしまったのだった。

二

二十年近く一つ屋根の下に、喜怒哀楽を共有してきた運命共同体の五人家族は、Rが家を出て行って四人家族に変遷《かわ》っていた。

家庭内は以前の活気溢れる賑やかさ（緊張感に覆われていたとはいえ）に比べて、落ち着いた静寂な気配の漂う雰囲気に変化していた。

時恰も、私は既に四十代の峠を越えて、愈々、嶮岨な五十代の急坂を登攀し始めていた時期でもあった。

「詩聖」と鑚仰された盛唐の詩人杜甫が、彼《か》の人口に膾炙した導入部「国破山河在、城春草木深」で始まる名詩（五言律詩）「春望」の末節で慨嘆した如く、歳月の鑿は私の軀体にも、徐々にではあるが、しかし確実に老化の証左《あかし》を穿ち始めていた。

白頭掻更短
渾欲不勝簪

めっきり白髪のふえた頭に手をやって掻いてみると、一段と髪が短くなって
とてもかんざしがもたなかろうと思うほどうすくなってしまった。
（『国破山河在』山田勝美訳　福音館文庫）

歳月の非情な鑿の音に脅え始めた私は儚い余生の命数を算《かぞ》えつつ日々を過ごさねばならぬ時節の始まりを予感し始めていた。

子育てが一段落して、爾来、私の主たる関心の対象は二人の息子に取って替わって、他ならぬ私自身の来し方、行く末、そして、只今現在の在るが儘の姿へと方向転換し始めていたことに、私は薄々察し気付き始めてはいた。

何時しか私は家人の寝静まった深夜、独り居間に座し、静謐な一時を過ごす習慣を身に着けるように成っていた。

夜の沈黙空間は在るが儘の我が姿を直視せざるを得ぬ状況へと、徐々に私を追い込んでいった。

腑甲斐無い自画像が次第に明瞭に視えるように成って来た……。

その像は、三十年前の相貌が其の儘凍結してしまったかのように停滞して、色褪せた自

画像なのであった。

その像の何処を捜しても、昔日に夢想し実現を信じていた未来像の片鱗も見出すことは出来なかった。

私は両者の像が余りにも乖離し過ぎていることに今更乍ら愕然とした……。

乖離し過ぎた二つの像を合致させることは不可能ではあっても、互いの距離を多少なりとも接近させることは未だ可能な筈である。早急に其の作業に着手しなければならぬ……。

半生を過ぎた今日に至る迄、何事かを成就した業績が皆無である、という未達成感は焦燥感を一層増幅させ、不安感を更に高めるのだった。

一寸先は闇かも知れぬ。

最悪の事態を想定すれば、私に天与《あた》えられた命数は風前の灯かも知れぬではないか……。

乾坤一擲の正念場に臨んでいるにも関らず、糊口を凌ぐだけの為に相も変わらず窮々としている境遇（前進を阻む余裕《ゆとり》の無い生活）は更に加えて私を苦しめるのであった。

焦燥感を湧出させる源泉は腑甲斐無い現今の自画像そのものであるようであった。

やがて私は、遙かな昔、今と酷似した境界で暮らしていた二十才前後の頃の若き日の己れの懐しい姿を憶い起こしていた……。

顧みれば、当時の私も焦燥感に取り憑かれ、急かされるようにして不安な日々を過ごしていたのだった。

三

今を溯る三十年前、二十才前後の私（当時の私は現今の息子達と同年齢期を生きていたのだった！）は前世より課せられた我が宿星の孕む軌道なぞ夢にも知り得よう筈は無かった。

未だ遙かに天真爛漫であった往時の私は身の程も弁えぬ過大な願望を胸裏に秘めて、疑うことを知らぬ楽天的な日々を過ごしていたのだった。

私は生来の器量に相応した能力を修得して、掛け替えの無い生涯を、微力を尽くし、孰れの日にか憂き世の為に役立ち度いという過大な願望の虜に成っていた。

願望成就への道は数多の艱難辛苦に耐え、刻苦勉励して精進を重ねることである。そして、尚一層鍛錬を重ね有能なる存在へと自らを高めなければならぬ、と私は何の疑義も抱かずに信じ込んでいたのだった。

そして、一切の楽欲を斥けて修験者の如き苦行生活を続行していた。

今と同様、不安な焦燥感に取り憑かれ急き立てられているかのように落ち着きの無い毎日を過ごしていたのだった。

往時の苦行生活を続行させていた精神的支柱は例えば次の如き言葉であった。

玉は琢磨によりて器と成る。人は錬磨によりて仁と成る。須《すべから》く琢磨し、錬磨すべし。

斯くの如き道元の言葉を初めとして、古今東西に渉る名僧智識（古典）の発信する言霊の力（名言名句）は怠惰に流され易い軟弱な精神を鞭打ち、叱咤激励し、霊魂を鼓舞して克己的生活を支えてくれていたのであった。

私は暗示に罹った（被催眠者）かのように修験者の如き苦行生活を邁進して行った……。

四

過大な願望に囚われた修験者の如き苦行生活を続行して既に十有余年の歳月が過ぎよう

としていた。

三十余才と成っていた往時（今を溯る二十年前）、私の当面の目標は或る専門職の資格を取得することであった。

資格取得の暁には転身（職種変更）を遂げ、弾みをつけて更に一層飛躍を期し、孰れ何時の日にか憂き世の為に役立つのだ、と未来の軌跡を思い描いていた。

暗中飛翔の第一歩と成る転身は資格を取得しさえすれば実現は容易である、と何の疑いも抱かず予断していた。

程無く私は予定通り資格を取得すると間髪を入れずに、迷うこと無く請願書を提出したのであった……。

しかし、転身願に対する回答は「不許可」という全く意想外の結果に了《お》わってしまった。

私は諦めず、何としてでも翻意を促そうと以後、執拗に幾度か断続的に交渉を試みたが、しかし、一度決定した結果を結局は覆すことは出来なかった。

掛け替えの無い年月を費やして獲得した成果は一瞥を受けて軽く一蹴され、それで一巻の終わりであった。

「私の周囲には幾人かの転身者（前例者）が専門職として働いている。何故に、私は不許可なのであろうか……」

自尊心は深傷を負い、予期せぬ結末に動顛した私は茫然自失し、暫くの間、呆然状態に陥ってしまった。

爾来今日に至る迄、私は組織内での向上意欲を意図的に放擲し、只々糊口を凌ぐだけの為に無気力な日々を過ごして来たのだった。

不本意乍ら、意に染まぬ暗中生活を続行する他、私に選択肢は無かった。

永い歳月、数多の艱難辛苦に耐えて獲得した成果を以てしても、暗中生活に終止符を打つことは疎か、況して暗中に夢見た飛翔を叶えることなど到底実現不可能な事態へと我が願望は一変して頓挫し、急転直下、絶望の窮地へと陥落し暗転したのであった……。

丁度その頃、子育てが始まろうとしていた時期であった。

何時しか、私の主たる関心の対象は（今とは逆に）自分自身に取って替わって、二人の息子へと方向転換し始めようとしていた……。

弛《たゆ》み無き精進の結果は必ずしも実を結び花開くとは限らぬ事を私は学んだ。

暗中飛翔の夢は跡形も無く白昼夢と化してしまった。そして、身の程知らぬ過大な願望を諦めた其の時、私を背後から急き立て、駆り立て、苦しめていた焦燥感も又、同時に消失していたのだった。

爾来二十年、焦燥感とは無縁な子育て（子育ても意外に労多き任ではあったが）に費やされた歳月が過ぎて往った。

そして今再び、二十年の時を隔てて甦り、湧出して来た合わせ鏡の如き焦燥感に私は翻弄され始めている……。

乖離し過ぎた二つの自画像を多少なりとも接近させなければ、などという願望を今更抱いた為であろう。

天より与えられた命数は風前の灯かも知れぬ。にも拘わらず、性懲りも無く、この期に及んで猶も暗中飛翔の夢を念じて生きる以外の生存様式を他に考えられぬ自分自身に私は焦立ち、そして不覚にも戸惑っているのである。

私が視野に捉え、照準を合わそうとしている標的も、未だ朦朧として定かには視えぬ……。

半生を過ぎ、余生を迎えた今に至っては、往昔、夢にも知り得なかった我が宿星の孕んでいた使命は既に大半は終了《おえ》ているに相違無い。

暗中に描く夢が如何なる軌跡を辿ろうとも（仮令、それが白昼夢と消えようが）、今の私には事の成否は既に考慮の外に在った……。

図表地図

一

二十代最後（二十九才）の春を迎えていた私は在学（夜間・文学部）七年目の新学期へと既に足を踏入れていた。

通常であれば卒業する二十二才という年嵩の年齢で夜学へ入学していた私の生活様式は、年相応の節目節目を順調に刻んでいた同級生達とは大分隔っており、異なっていた。

前年の秋に結婚していた私は、やがて訪れる夏には一児の父親に成る予定でもあった。

入学当初に抱いていた大学（夜間通学）に関する熱意は徐々に冷め始め、当時は倦み、疲れ果てて中途退学することも思案しつつ惰性に流された日々を過ごしていた。

給与生活者であり、既に定職に就いていた私には、卒業すること（卒業証書の取得）に拘泥する格別の理由など何も無いのだった。

当時の私は長期間に亘る長距離通勤、通学に依る疲労の蓄積が原因であると思われる「慢性蕁麻疹《じんましん》」に罹《かか》って久しく、その他、種々の身体疾患にも悩まされていた。

健康面を考慮すれば、中途退学することも多少は意味のある選択肢であると思われた。進むべきか、退くべきか、幾度か逡巡する内に、遂に在学七年目へと突入していたのだった。

「あと一歩で卒業というこの期に及び、志半途で挫折し諦めてしまったら、将来、何時の日にか後悔する時が来るのではないかしら……」

淡々と穏やかに、呟くが如く控目な口調で語る妻の一言は、迷夢に彷徨《さまよ》う軟弱な私の精神を諭し、叱咤激励し、そして鞭打った。

彼女の言葉は、忘却の彼方に遠離《とおざか》り、消滅寸前であった入学時の初心に再び火を点け、萎えていた熱意を甦らせてくれたのであった。

元来、自ら望んで歩き始めた道である。中途挫折は避けるに如くは無い。余力を尽くし、最後は卒業で締め括らねば、と一転して思い直したのであった。

三十才（三十路）という節目の年齢に達する翌春には何としてでも卒業しよう、と私は遅蒔き乍ら決意を新たにしていた……。

しかし、一年後に卒業の門を潜る迄には二つの関門を通過しなければならなかった。

その一は、僅かとはいえ未履修科目（三科目）を残しており、確実に単位を取得する必要があった。その二は、「卒論」の作成であった。

未履修科目については格別の不安は無かった。が、当時の私にとっては全くの未体験分野に属する卒論の作成に関しては尋常ならぬ不安を覚えていた。

それは、歳の暮（十二月）頃迄には完成していなければならぬ……。四月より始めたとしても、その為に費やせる時間は九ケ月しか与えられていない。

卒業を迎える為に避けては通れぬ卒論の作成……。その完成像（全体像）は皆目想像さえ出来ず五里霧中であった。

そうした不安な心理状態の儘、容赦無く、在学七年目の春（新学期）は既に始まっていたのだった。

二

顧みれば、学業成績は余り芳しく無かったにも関らず、奇妙にも向学心だけは盛んに燃え盛っていた少年の日以来、寸暇を惜しまず、飽かず励行を重ねてきた読書も、或いは又、連日、長時間を費やして通学し聴講を重ねてきた夜学の講義も、私が繰り返し傾注してきた過去の精進の悉くは、鑑《かんが》みれば孰れも、他者が艱難辛苦の末に整え完成した道を何らの呻吟も無く、只々散策するだけの楽天家の行為にしか過ぎぬのであった。

他者の思索の跡を辿るばかりであった私の脳機能は余りにも受動的性質に染まり過ぎて、能動的性質は退化し錆びついて容易には作動し難く成ってしまっていた。

しかし、発信機能（能動的）を作動させぬ限り卒論の作成は覚束ぬ……。

何はともあれ、卒論の題目と主題を決定することは喫緊の肝要事であった。

そして、様々なる視点より加えた考察結果を分類整理して、首尾一貫した、少なくとも矛盾の無い全体像を構築しなければならぬ……。

元より、整然とした体系化は如何せん無理であろうと思われたが……。

余裕の時間を殆ど有《も》てず、その上、乏しい能力を勘案すれば、往時の私にとって卒論の作成は非常な難事であると思わざるを得なかった。

専ら受身に安穏とし、太平の夢を貪っていた私の脳は今こそ従来とは異質の機能に変換されねばならなかった。

思考の軌跡を言葉を駆使して表現しなければならぬ。

原稿用紙数十枚の分量は最低限必要である……。

未体験のその作業を、如何にして開始し進展させてゆくべきか、具体的方法について皆目見当もつかないのであった。

抑《そもそも》、当時の私は、「思考＝考える」とは一体全体、如何《いか》なる意味内容を表しているのか、という至極初歩的な問題から検討しなければならぬ為体《ていたらく》であった。

書棚の隅で永い間埃を被り埋もれていた『哲学小辞典』を捜し、抽出してきた私は暫くの間、「思考」に関連のある次のような項目について読み進んでいった。


演繹、帰納、概念……。

分析、総合、推理……。

目的、方法、分類……。

卒論作成に役立つ手掛かり（方法論）が何としてでも欲しかったのであった。藁をも掴む思いに駆られ、繰り返し読む内に、「思考」は次の如き意味内容として考察されていることが判明した。

◎「思考」＝「考える」と呼ばれる作業の殆ど（九割以上）は「分類」作業で占められている、と考えられている。

この判断は哲学者達の考察の結果であり、残念乍ら、自らの思考の結果では無かったが……。

そして、余りにも牽強付会に過ぎると思われたが、私は次に述べる定義を設定した。

◎「考える」とは「分類する事」である。

私は、強引に設定した此の定義を卒論作成の指針に据えよう、と決めたのであった。

では、分類とは何か。

分類。多くの事物を共通な性質の有無によって種類別にまとめ、体系的に配列すること……。（『岩波小辞典・哲学』）

この項目を読み了《お》わった時、私の脳裏では、彼の川喜多二郎氏の創案した発想整理法であるＫＪ法が頭を擡《もた》げ、それは日増しに気懸かりな存在と化してきたのであった……。

三

ＫＪ法では模造紙、及び極めて小型のメモカードを道具として用意する。

最初に、設定された主題に関しての思い付きをメモカードに記す作業から始める。

次に、一定量のメモカードが集まった段階で、作成した雑多な内容のメモカードを、模造紙の紙面上で共通した性質毎に区分する分類作業を行う。

そして次に、区分された各部に適切な小見出しを考え付して行く。

更に、出来上がった小見出しを共通した性質毎に区分けして、順次、中見出しを付して行く。

以上、同様の手順を繰り返し大見出しを付けて終了する。

大見出しを付して全ての作業工程が終了した時、当初は纏まりの無かった種々雑多の断片群（思い付き）は整然と体系化されて、全体像が構築されるべく仕組まれている。

以上が私の理解しているＫＪ法の概略である。

ＫＪ法の全工程で繰り返される作業は、カードの作成作業を除き、初めから終わり迄一貫して「分類」作業で占められていることに改めて気付き、私は一驚した。

先述した指針、「考える」とは「分類する事」という意味内容が実に見事な形で作業工程に組み込まれていることを確認した私は、その時迄、殆ど顧みることも無かったＫＪ法が、卒論作成の道具として意外に役立つかも知れぬ、と考えはじめていた。

ＫＪ法が、当時の私にとって有用なる道具であることを確信した私は、ＫＪ法、及び、前述した定義、「考える」とは「分類する事」の二つを指針に据えて、兎にも角にも、卒論作成作業を開始したのだった。

ＫＪ法では最初の作業であるカードの作成に代替《かわ》るものとして、私は桝目に記した短い文章の作成作業を暫くの間、続行して行った。

一定量の断片原稿が集まった時点で、私はそれを鋏で切り取っておいた。

ＫＪ法では次に小見出しを付ける作業に移るのであるが、それに相応する作業として、私は幾つかの主題（小見出し）を予め模造紙に記しておき、そして、大小雑多な形状に切り取られた断片原稿を各主題毎に区分しながら、前述の模造紙に貼り付けて行ったのだった。

短文の原稿を徐々に貼付し、付加しつつ、小見出しに該当する各主題を適宜修正（削除、付加）し、改変を繰り返しながら、中見出し、大見出しへと進行していった。

全ての作業が終了した時、模造紙は四枚に増量《ふえ》ていた。（ＫＪ法では極めて小さなカードを貼付けていくが、私は文章そのものを貼付していったので紙面が大幅に不足してしまったのだった）

大小雑多な形状に切り取られた原稿の貼り付いた重量感のある四枚の模造紙を目前にして、漸く私は当初の不安な精神状態から脱却することが出来たのであった。

最後は模造紙に貼付した断片原稿を推敲しつつ、順番に四百字詰原稿用紙に転写する作業が残されているだけである。

斯くして、卒論は曲がり形《なり》にも完成し、翌春、私は七年掛かりの末に、懸案であった卒業の門を、兎も角も、青息吐息で潜り抜け中途挫折を避けることが出来たのであった。

四

前述の如く、無我夢中で取り組んでいた卒論作成作業の過程で、私は或る発想を得ていた。

それは台紙として利用した模造紙自体の改良に関する考えであった。

模造紙は地図形式の思考道具として開発の余地が在り、活用の方途《みち》が充分存在《ある》のではないか、という発想であった。

通常、知的作業の為に私達が使用する用紙は大学ノートの大きさ程度が最大である。思考の軌跡を一枚の用紙内に収めることが出来れば、一目瞭然、全体像を鳥瞰でき、真に有用であると思われた。

卒論作成時の如き非常時のみで無く、平常時に於ても、拡げた時の地図のように広い面積を有《も》つ用紙は構想を練り、鳥瞰する為には有用であるに相違無い、という確信を得たのであった。

更に又、ＫＪ法では白紙の模造紙を台紙として利用するだけであるが、しかし、台紙自体が分類表として作成されていれば、より一層利便性は増すのではないか、とも思い付いたのであった。

卒論作成過程で発想を得た「模造紙を分類表に変える」為の工夫を、私は爾来、断続的に試行錯誤して来た。

その結果、最終案として、私は一枚の模造紙に二十四枠の小見出し、四枠の中見出し、一枠の大見出しに区分した分類表を完成させた。

しかし、如何《いかん》せん、模造紙は余りに大き過ぎる……。

模造紙を拡げて思索に集中出来る時と場所は自ずと限定されざるを得ない。

では、その大き過ぎる模造紙を「折畳式地図」のように折り畳み形式に縮小改変すれば……という示唆に従い、地図を模倣《まね》て折り畳んでみた、がしかし、薄くて頗る柔軟性に富む地図用紙に比して模造紙の紙質は余りにも厚く、しかも硬質過ぎる。

折り畳んだ時、地図用紙のようには体裁よく纏まらず、嵩張ってしまい、又破損し易い。

しかし、前述の欠点は地図用紙と同質の用紙を使うことにより克服可能である。地図用紙は野外で使用される機会も多いので、薄く、しかも防水加工の施された強靭な紙質に改良されている。

しかし仮令、地図用紙を使用したとしても、携帯して活用する場面を想定すると、拡げた時の模造紙の大きさは、やはり余りにも大き過ぎる……。

私は此の地図形式の分類表が、手帳やカードと同様に携帯可能で、時と場所を選ばず手軽に拡げられる利便性の具備した道具であって欲しかった。

思案の末に、私は模造紙の大きさは諦めて、最終的にA3用紙の大きさを採用することに決めた（分類表の内容は、最終案を踏襲）。模造紙の四分の一の大きさである。利便性は格段に増すように思われた。四枚併せれば模造紙と同じ大きさにも成る。拡げてもA3判の大きさである。

この分類表に私は、「図表地図」（略して「Z地図」）と命名した。

又、別名として「思考鳥瞰図」なる呼称をも冠することにした。

そして今、私は此の「図表地図」が、自ら構想した、その儘の目に見える一つの姿形を得て、晴れてこの世に産まれ出る日、即ち、出版刊行される日を（以前、思考実験手帳を構想した時と同じように)、再び秘かに夢見ているのである。

無明境涯

一

私は夕餉の食卓を前にして着席した。

妻のEは座った儘、箸に手を付けようとはせず項垂れていた。

凝《じ》っと宙を注視めて動かぬEの眼指しは虚ろであった……。

「今日はお兄ちゃんの誕生日だったのよ……」

Eは二十年前に不治の病に罹り、三十三才で夭折したM・Eの実兄を追憶していたのだった。

Mは私と同年齢であったので、生きていれば五十三才に成っている筈である。

「義兄《にい》さんが亡くなって二十年もの歳月が流れて過ぎたということか……。全く、光陰は矢の如しだなあ」

二十年前、Mの病気を告知された時に受けた衝撃が甦った……。

Mに取り憑いた病気は現代医学では治癒する見込みの無い不治の病である、と聞かされた時、「早急に何らかの手を打たねば……」と、反射的に私達・Eと私は対応策について考え始めていた。

Mは妻の里の一人息子であり遺跡であった。

Eにとっては、幼き頃より一緒に遊び面倒を見てくれた、此世で唯一人の掛け替えの無い兄なのであった。

仮令、医者に治せなくとも、唯々諾々と諦めるわけにはいかなかったのである。

しかし、医師ならぬ身の私達に出来ることは限られている。

精々《せいぜい》、民間療法について調べてみる程度の事以外には思い至らなかった。

「医者には治せずとも民間療法で救助《たす》かるかも知れぬ……」

一縷の望みを抱き焦燥感に駆られて、私は暫くの間、職場が退《ひ》けた帰途、毎夕、書店を巡回ずることが日課と成っていた。

巷間行われている効果ある治療法を捜し求めての書店巡りであった。

やがて私は次の二種の治療法に着目するに至った。

その一は、日本医大の丸山博士が開発した「丸山ワクチン」であった。

それは、結核患者のガン罹患率が異常に低い、という統計に着目した丸山博士が結核菌を利用して開発したワクチンである。

丸山ワクチンは日本医大で無料配布してくれる、との事であった。

他の一は、森下博士の唱道する「自然医食」なる食事療法であった。

医学界の通説であった「骨髄造血説」に疑問を抱いた博士は「腸造血説」なる学説に着目した。

骨髄で造られるだけでなく血液は腸でも造られる、との説に基いて博士が開発した食事療法が自然医食であった。

私達は早速、Mの妻と両親に二件の療法を推奨した。

しかし、家族は民間療法を頼ることに不安な様子であった。

私達も必ず治癒すると断言は出来ぬ。

結局、家族の賛同を得られず、二件共、一度も試みられずに没と成った。

そして、治療の全ては病院（主治医）の処方に委ねられた……。

半年後、Mは泉下の人と成った。

二

Mの夭折は同居家族のみならず親族の運命をも狂わせ一変させた一大事件であった。

新婚早々の伴侶と、一歳にも満たぬ愛娘の未来を突如として暗転させてしまったことは言うに及ばず、それは特に老親の精神と肉体を直撃したのだった。

当時、岳父は既に定年退職しており隠居の身であった。

老父にとって、杖とも柱とも頼み、老後を託していた一人息子の予期せぬ急逝は真に耐え難き苦渋に充ちた試練であった。

食欲は減退の一途を辿って、瞬く間に軀体《くたい》は衰弱していった。

やがて、食物は全く喉を通らぬようになって、遂に、枯れるが如く、彼岸への橋を渡り逝去《い》ってしまった。

愛おしいMの後を追うように……。

岳父の逝去は、Mが他界して僅か半年後の事であった。

一方、丈母も、度重なる不幸に因《よ》る心労で、持病の心臓は更に衰弱し悪化していた。そして丈母は、伴侶が他界して一年余の後、厳霜の冬、正月の早朝に心臓発作が原因で急逝してしまった。

Mの発病で幕を開け、そして、岳父、最後には丈母の急逝で、漸く幕を下ろした事件は妻の里を舞台に演じられた、正真正銘、現実に起こった悲劇であった。

そして、その悲劇の一部始終は僅か二年弱の短期間に起こったのであった。

妻の里では遺跡を喪失《うしな》って、家督を相続する者が居なくなった。

Mが生きていれば、当然、背負ってくれていた筈の全ての責務が他家に嫁いでいた二人の妹達の肩に重く伸し掛かってきたのだった。

家督相続者断絶の危機に瀕し、実家の行く末を思案せざるを得なくなって、長女である妻のEは次第に物思いに沈む日々を過ごすように成っていた。

僅かな期間に三人もの肉親を喪失《うしな》った悲劇の体験がEに甚大なる影響を及ぼしたのは至極当然ではあった……。

三

生来、天真爛漫であった妻の性格から、明朗さは徐々に影を潜めていった。

当時、私達は絶え間無く続く法事に忙殺されていた。

通夜、告別式、初七日、四十九日忌、百ケ日忌の念仏、新盆、一回忌、三回忌、七回忌……。

忙しい日々の合間、物思いに沈むEは自問するかのような調子で、折に触れ、私に尋ねるのだった。

「霊魂と呼ばれるものは果たして実在するのかしら……。人は死後、一体全体どうなるのかしら……。死後の世界は果たして存在するのかしら……」

彼女と同様の問題を私も又、懐いていたのである。

その私が彼女の疑問に応答《こた》えられる道理は無かった。

霊魂の存在や死後の事象に関しては皆目見当もつかぬ……。

死後、死者の霊魂は四十九日間、此世に滞留《とど》まる。

四十九日の滞留期間を了《お》えると此世を離れ彼岸世界へ渡って行くのだ、と私達は聞かされている。

チベットの『死者の書』にも、ほぼ同様の説明が記述されていた、と記憶している。

しかし、私達には霊魂の存否さえ確認できぬのである。

私達は生きている間に、死、及び死後の世界を体験することは無理である。

体験出来ぬことを心底より納得することは難しい。

仮令、如何なる名僧智識から名論卓説を聞かされようとも、結局、私達は半信半疑の儘で確信を得られぬのが現実である。

五里霧中の無明世界で、只管、生を貪る以外に術の無い、何ひとつとして確固たる精神的支柱を有《も》てぬ脆弱な自己存在に、今更乍ら気付き、只々、天を仰ぐばかりであった。

四

幼少の頃より今日に至る迄、私は種々の遣り切れぬ事件に遭遇してきた。

母方の祖父母、母、そして、T叔父の自死。

従姉A、従弟M及びK叔父の早過ぎる病没。

そして、妻の里での悲劇である。

又、私自身、他言できぬ秘密の宿痾と永い歳月に亘《わた》って闘い続けてきた。

身辺で事件が発生《おこ》る度に、私は些細な救助の手ひとつも差し伸べる術《すべ》を所有《もた》ぬ非力な存在である自分自身に絶望したのだった。

他方、私は精進に精進を重ねても一向に花開かぬ己れの半生にも絶望していた……。

「絶望とは死に至る病である」と、キェルケゴール（デンマークの思想家）は言った。

その言葉の神学上の真意について私は門外漢である。

しかし、絶望という死に至る病に何度も罹ってきた私が今も猶、死に至ることなく生き続けていることに、私自身、改めて驚いたのだった。

幾度も絶望を繰り返す内に、私の全身全霊は諦念一色に染めあげられて、何時しか私は目には視えぬ宿命の存在を確信するように成っていた。

縦横無尽に綾織られ、千差万別に彩られた無数の人々を操っている宿命……。

憂き世の人々を視えぬ異世界から操っているが如き宿命……。

私の心が諦念に染められはじめた頃、私は次の如き一文を手帳に記していた。

「天の奥処には傀儡師《くぐつし》が居て、地上の住人である私達を目には視えぬ糸で操り動かしている。私達の軀の各処には視えぬ糸が繋がれて、操り人形の如く動かされ踊らされている。誰も皆、各自の意志に従って動けぬばかりか、逆に、望んでもいない、欲してもいない動きに、只々、翻弄されるばかりである」

　誰も皆、前世より課せられた各自の宿星軌道を辿る以外の存在様式を許されてはいないのだ、と私は思い込むように成っていた。

　中国、明代に『陰隲録《いんしつろく》』を著した袁了凡《えんりようぼん》のように、陰徳（秘密裏の積善行為）は運命を変える力を有《も》つ、と説く者もいるが……。

　Eが尋ねた霊魂や彼岸世界については疎か、此岸世界の仕組（宿命・宿星）さえ何ひとつとして私達には判っていない。

　私という存在を操っている目には視えぬ宿命を知り度い、という叶い難き欲求は増幅する一方であった。

　しかし、それを充たす為の方途さえ皆目見当もつかぬのが現実であった……。

　私も又、例外ではなく、定められた宿星軌道を甘受して生きる以外に方途は無い。

　森羅万象、全てが謎に覆われた此の無明世界で生を全うする以外に方途は無いのだ、と、私は今更乍ら思い知るのであった。

君よ知るや南の国

一

今を溯る二十二年前の四月八日、火曜日の朝の事であった。

父は戦友会の開催地である信州・長野に向かい、一泊の予定で早朝既に旅立っていた。同居の父に対し真に済まぬ心地ではあったが、当時の私達・妻と私にとって父の不在は、大袈裟に言えば、気遣い無く出掛けることが出来る千載一遇の好機であった。

父の不在を知った瞬間《とき》、即座に私は「休暇を費《と》って遠出をしよう」と胸中秘かに意を決していたのだった。

「今日は下田（伊豆）迄、行ってみよう」

唐突な発想を即刻実行に移そうとする堪え性の無い私の性格に慣れていた妻のEは微笑

を湛えて只々頷いた。

前年の十一月に、私は遅ればせ乍ら、三十三才という年嵩の年齢で運転免許証（自動車）を取得していた。

当時、早く運転に慣れねば、と寸暇を逃さず車を走行《はし》らせ精力的に小旅行を繰り返していたのだった。

長男のRは三才八ヶ月、二男のKは未だ此世に出現《あらわ》れていなかった。

Eは妊娠七ヶ月で、三ヶ月後にKを出産予定という時期であった。

私達が自宅を出発した時刻は午前九時頃であったと記憶している。

下田へと至る経路は幾通りか存在《あ》ったが、私は躊躇無く、東伊豆海岸道路を選択《えらん》でいた。

海沿いの彼の道は間断無く埋め尽くされた桜並木が両側に延々と続く道である事を知っていたので……。


時節は正に春酣《たけなわ》である。

桜花爛漫の桜並木の道は、めまぐるしく曲がりくねって何処迄も延々と続いている。

際限無く続く満開の桜並木の道は、天より舞い下り、降り積もった無数の花弁《はなびら》雪の衣裳で纏われ尽くされたかの如き景観であった。

花の雲に穿たれた絢爛豪華な花の洞窟《トンネル》を長時間走行り続けた故であろうか、現実感覚が麻痺した私達はお伽の国に迷い込んで異次元時空を走行り続けているような奇妙な錯覚に陥ってしまっていた……。

此世のものならぬ、お伽の国に造られた幻想的な花の洞窟を漸くにして抜け出ると、既に下田市街は目と鼻の先に迫っていたのだった。

海岸道路の左方には悠然と紺碧の大海原が陽光を浴びて燦《きら》めき横たわっている。

そして、遙か前方の視界には巨大な不死鳥《フエニックス》（椰子科）の並木が近づいてくる……。

天空に向かって聳え立ち、巨鳥の翼を載せた幟の如き異様な形状で林立する不死鳥は私にとって正に南国を象徴する樹木なのであった。

蒼穹に吸い込まれるように真っ直ぐ伸びた巨大な不死鳥の並木道は瞬く間に目前に迫ってきて、異邦人である私達の到着を歓迎してくれているかのように思われた。

その時、私は昂った感動の波に不意に襲われたのだった。

「遂に南国の町へ辿り着いたのだ……」

恰も、長い旅程を了《お》えて、遠い異国の地へ漸く到着した旅行者の心境そのもので感慨無量であった。

胸の鼓動は早鐘を打ったかのように高鳴り響いていた。

その時であった。

私の内なる耳に「ミニヨンの歌」が聴こえて来たのは……。

誰ぞ知らぬが、名優の威風堂々たる声音《こえ》が南国の蒼天を振動《ふるわ》せて、厳かに、朗々と響き渡って来るのだった。

彼の声音は幻聴だったのであろうか……。

君よ知るや、レモン花咲く彼の国を、
繁れる葉蔭には、黄金《こがね》色したオレンジの実が輝き、
柔らかき微風《そよかぜ》は、碧空《あおぞら》より流れ来たる、
銀梅花は静かに、月桂樹は高く聳ゆる、
君よ知るや、彼処《かしこ》、
彼方へ、彼方へ、
君と共に行かん、哀れ、わが恋《いと》しき女性よ、

君よ知るや、彼の家……

（高橋健二訳『ゲーテ詩集』新潮文庫。訳文の一部を変更）

顧みれば、私が南国への憧憬を抱くように成った契機は今より四十年近く前（高校二年生、十六才の秋）の修学旅行（南九州）に溯る……。

西海橋上に立ち南国の海を遠望した瞬間《とき》、その余りにも鮮やかな海の色彩に、私の全身全霊は雷に撃たれた如き衝撃を受けたのだった。

郷土の小宇宙に閉じ込められて未だ外界を知らなかった十六才の私にとって、それは、かつて視たことの無い驚愕の海の色彩《いろ》であった。

澄明であって、しかも鮮やかな紺青に輝く南国の海は今も網膜に焼きついて離れない。

それは燦然と輝く巨大な宝石そのものであった。

北国に生まれ育ったゲーテが生涯を貫き南国への憧憬を抱いたように、爾来、私も又、鮮烈な海の記憶と共に南国への憧憬を抱き続けてきたのだった……。

二

私達が町へ入った時刻は正午前後の頃であったと記憶している。

私は丁度三時間、車を走行らせていたことになる。

しかし、漸く辿り着いた下田の町から私が享けた第一印象は明るい南国の趣とは一転して、暗く沈んだ感触であった……。

陽から陰へと、反転に等しい落差故に、町の印象は白黒フィルムの如き地味な印象で脳裏に刻印されたのであろう。

二十二年前の下田市街の情景は、永き歳月を経た今でも猶、地味な白黒世界の画像として、瞬時に、鮮明に甦って来る……。

唐人お吉の菩提寺である宝福寺前の市街を横断する中央通りは今でこそ拡幅されて広い車道に変遷《かわ》ってはいるが、当時、その通りは車一台がどうにか通れるほどの狭い路地にすぎなかったのである。

路地の両側には隙間無く鄙びた民家が軒を連ねていた。

木造家屋に挟まれた陽射しさえ入らぬ薄暗い通り。

それが下田市街の中央通りである、という意想外の事実が、地味な白黒フィルムの世界として私の脳裏に定着し刻印されてしまったようである。

今では、拡幅された中央通りから宝福寺の建物が見える。

しかし、当時、狭い路地から眺めても寺院の建物は全く目に入らなかったのである。

路地から境内迄細長い参道が延びていた。

境内も寺院の建物も、参道周辺を埋め尽くす草木の繁みに遮られて、路地に立った時の視界からは完璧に隠蔽されていたのだった。

往時は宝福寺をはじめ、他の多くの神社仏閣も深い緑の樹叢に包囲《かこま》れた静寂の中に息を潜め埋没しているかのようであった。

下田の町全域が神秘的な霊気層の中に深く沈潜して睡眠《ねむ》っているかの如き気配を漂わせていた。

恰も、霞か靄の深く立ち込めた中に沈没しているかの如くに……。

その特異な雰囲気は他の都市では決して感受出来ぬ独特なものであった。

幕末期、黒船が下田港に寄港停泊した事件を発端として、辺境の一漁村に過ぎなかった下田の町は事変の渦中で翻弄される。

下田は幕末から明治維新へと急激に変遷してゆく近代日本の胎動期に、開国（対外交渉）の檜舞台として一躍脚光を浴び、そして、維新の事跡が刻印された歴史の町へと変貌を遂げたのであった。

往時の史跡は今も猶、町の至る処に遺されており、こぢんまりとした町全域が歴史博物館の如き様相を呈している。

勝海舟と山内容堂が密会した宝福寺はお吉の菩提寺であり、境内には、唐人お吉記念館が併設されている。

日米下田条約の締結場所となった了仙寺や日露和親条約が調印された長楽寺、そして、日本最初の領事館となった柿崎の玉泉寺。

晩年、お吉が営んだ安直楼は当時その儘の古い建物が今も店舗として活用され、現在の町並みに異和感なく溶け込んで保存されている。

了仙寺付近から港の西端に流れる平滑川沿いに石畳の続く小径は黒船を下りたペリー提督一行が行進した道であるとされる。

なまこ壁や石造りの古い家並みが続く此のペリーロードは幕末〜維新時代の特異な風情を醸し出しており、逝《ゆ》きし世の濃密な面影を今の世に伝えている。

お吉の入水場所となったお吉が淵、お吉の命日に合わせて満開の花を咲かせるというお吉桜。

そして、吉田松蔭の寄寓した蘭方医・村山行馬郎《ぎょうまろう》邸、等々……。

史跡を算《かぞ》え上げれば限《きり》が無い。

遙かな昔、西海橋で視た海の色彩《いろ》に似た紺青に輝く南伊豆の海、そして、不死鳥の並木、等々……。

町へ入る前の明るい南国の印象とは正反対の、その落差故であろうか、静寂の気が漂う妖しい雰囲気の下田の町に私は次第に魅かれていったのである。

三

下田駅前を奔る下田〜南伊豆街道に沿って用水路の如き趣を呈した敷根川が流れている。

その小さな川に架かる、こぢんまりした石橋（駅前橋）を渡ると、直ぐ右手に喫茶店「奈伽」が在る。

名曲珈琲や純喫茶の全盛時代より営業している落ち着いた雰囲気の漂う昔乍らの茶房で

ある。

奈伽は下田へ行く度に必ず立ち寄る私の休憩所と成っている。

店内の一隅には、若き日の唐人お吉の姿を撮した一枚の肖像写真が飾られている。セピア色に変色した其の古めかしい写真は名眸皓歯を絵に描いた如き唐人お吉の端麗優雅な美貌を見事に伝えている。

その肖像写真は、私が初めて奈伽を訪ねた昔日より変わること無く店内の同じ場所に、今も同じように置かれている……。

店に入ってお吉の写真を一瞥し、二十数年前と全く変わらぬ店内の様子を確認することで私の精神は一安堵著くのである。

下田の町に魅かれていった私にとって唐人お吉は下田での原体験と成った因縁深い女性であった。

私が自発的に下田を訪ねた日は二十二年前に家族と訪ねた其の時が初めてであった。が、厳密に言えば、その時を更に遡る十年余の昔、今より三十三年前に、私は当時の勤務先での親睦会が主催するバス旅行の途中に下田の町へ立ち寄った体験を有《も》っていたのだった。

それは余りにも遙かな昔日の体験であり旅行の記憶は殆ど消失していまっている……。

しかし乍ら、鮮烈に想起出来る記憶の断片が唯一存在《ある》のである。

それは一曲の歌謡曲であった。

下田の町の何処で聞いたのか憶い出せぬ（了仙寺付近……？）が、貸切バスの発車迄、屋外で待機していた一刻《いっとき》の間に体験したことであった。

電柱、或いは街燈の上部に設置された拡声器から一曲の歌謡曲が喧《やかま》しいほどの大音量で繰り返し繰り返し、街頭に放送《ながさ》れていたことを記憶しているのである。

島倉千代子の唱う「下田物語」という曲であった。

彼女特有の繊細で撓《しな》やかな、そして澄んだ声質で淡々と熱唱する「下田物語」は大音声にも関らず、それとも、大音声であったが故であろうか、孰れにしても、未だ若く感傷的であった私の琴線を刺激したのであろう。

唐人お吉の悲劇の一生を唱い上げる哀調を帯びた歌詞と旋律に、私の全身全霊は揺振《ゆさぶ》られたのであった。

後日、私は『お吉物語』なる小冊子を求めて、数奇な運命に翻弄されたお吉の一生を知り得た。

爾来、私の意識の下では、唐人お吉と下田の町とは、条件反射のように一体化して密接不離な関係を形成していったのである。

唐人お吉は私にとって下田の原体験と成ったのであった。

四

「下田こそ終《つい》の栖《すみか》である」という当初の軽易《かる》い思い込みは年経《ふ》るにつれて、徐々に強固な自己暗示と化して、今では些かの疑念さえ入り込む余地の無い信念に成長してしまったようである。

豆州東南端の、こぢんまりとした辺境の町、下田に、何故私は是程迄に格別の憧憬を抱き、熱き慕情に囚われるように成ってしまったのか、我乍ら不可解であった。

私は青春の一時期（一年余の短期間ではあったが）、京都洛北の地で暮らしていたことがあった。

我が青春時代の思い出深き地である京都（平安京）は古来より、風水学上、四神相応する王城の地として理想的な地形を備えていると考えられてきた。

都の中の都として千年余の歴史を刻んできた古都・京都と、辺境の町・下田とを、試みに比較してみると、意外にも下田は、風水学上、理想的と考えられてきた京都以上に四神相応の地である条件を備えていることに気付いたのであった（全くの素人判断で、余り自身は無いのではあるが……）。

伊豆半島東南端に位置する辺境の町・下田が、王城の地・京都以上に秀れた龍脈を有することに私は目を瞠った……。

伊豆半島は自然と呼ばれる彫刻家が歳月という鑿を駆使して造形してきた複雑多岐に渉る絶妙なる海岸線を無数に有っている。

そして、比較的大きな入江入江に寄り添うように幾つかの港町が点在している。

東海岸には、伊東、熱川、稲取、河津。

西海岸には、戸田、土肥、堂ケ島、松崎。

そして、南伊豆には、下田、南伊豆、妻良、子浦。

これらの港町の中で南方に開けた入江を有つ町は、漁村、子浦を除き、下田以外、他には見当たらぬことにも気付いた。

下田の北（玄武）には深い緑を擁して広大に拡がる一大森林地帯、天城山脈が聳立している。

南（朱雀）には悠揚たる太平洋が横たわっている（京都南方の守護、朱雀に該当していた巨椋池は現在では消失している）。

東（青龍）には稲生沢川が流れ、西（白虎）には石廊崎を経て、妻良、子浦、落居、波勝崎へと通ずる南伊豆街道、更に、婆娑羅峠を越えて松崎へと至る下田～松崎街道が延びている……。

四神は完璧に相応している。

以前、私が下田の町で感受した特異な雰囲気、神秘的な霊気層は下田の位置する秀れた地勢より実際に発生していたものであった、との確信を得た。

目には視えぬが、下田の町は龍脈と呼ばれる地霊の威力に守護《まも》られているのだ、との確信を得たことで、私は以前にも増して不思議な町の磁力に搦め捕られていったのであった。

下田の町も例外ではなく、他都市と同様に変貌を繰り返してきた結果、昔日の面影は徐々に消失しつつあるのであろう……。

とはいえ、地勢上の秀れた龍脈に守護られて、他の都市では消失して久しい逝きし世の面影を未《ま》だ く感受できる、と思われるのは私の錯覚であろうか……。

下田の町には今も猶、我が祖国の近世（江戸～明治）という時代を髣髴とさせる芳香が漂い流れているように思われた。

下田の町を歩く度に、私は逝きし時代への郷愁に駆られるのが常であった。

祖国日本及び日本民族（今では殆ど死語と成ってしまった両語を私は敢えて使い度い）は近世と離別して以来、近代を経て現代へと至り、何物かを喪失《うしな》ってしまったように思われた。

現代日本の社会は様々なる病弊で覆われ尽くされてしまっている。

近代以降、我々は劣化への坂道を転倒《ころ》げ落ちて、堕ちるところ迄堕ちてしまった。

国家、民族を斯くの如き絶望的状況へと至らしめた淵源は近代以降喪失った何物かと通底しているのではないか、と思われたのである。

それは鎖国から開国へと国策を転換した発端より潜在していたのに相違ない。

私は近代濫觴の地と成った下田の町を媒介として、喪失われた何物かを捜し出そうとしている自分の姿に気付き始めていた。

鎖国から開国へと国策を転換した発端の地、南国の下田の町は喪失われた何物かを捜し出す為の最適な町であることを私は直観していたのである。

目には見えぬ物を視、耳には聞こえぬ音を聴かねばならぬ、と私は思い始めていた……。

机上の能舞台——あとがきに代えて——

私は夜毎〳〵、家人の寝静まった深更を待って、暗い居間の一隅に座を占める。

電気スタンドに燈を点けると、右手に鉛筆（ドイツ製モンブランのシャープペン、或いはプラチナ万年筆の早川式繰出鉛筆）を握って机上の原稿用紙に向き合うのだった……。

鉛筆を握って机上に向かう以外、私には何か他に出来る見込みは皆無であったからである。如何なる分野にせよ、専門の研究論文が書ける筈も無い。

絵筆（日本画・油絵等々）や筆墨、鑿を用いた例《ためし》も無い。

設計図の類が描けるべくも無い。

私には、パソコン、ワープロは疎か、万年筆でさえ駆使できる能力も無かったのである。

学者でも無く、芸術家でも無い。

技術者でも無く、職人でも無い。

「暗中飛翔の白昼夢」に記した如く、当時（約七年前、五十才前後の頃）の私は半生を過ぎて猶、一度として成就体験を所有《も》ぬ自分自身に対して烈しく焦燥感を募らせていた。心身の疲労、怠惰心、更に睡魔と格闘《たたか》い乍ら、焦燥感に駆られる余り私は（私が駆使できる唯一の道具である）鉛筆を握って、机上の原稿用紙に只管《ひたすら》向かい続ける以外、為す術は他に何も無かったのであった。

とは云え、空白の桝目に刻印すべき事象に関して何か当てが存在《あ》る筈も無かったのであるが……。

そして、幾夜を経た頃の事であったか不明であるが、或る深夜以来、気が付けば何時しか私は想起力の修錬と思える作業に没頭するように成っていたのだった……。

今は既に遙かな時の彼方に遠離って消滅寸前の記憶の微片を杖として、過去の事象、更に往時の心象風景を甦らせるべく意識を遡って行くのであった。

私は記憶の微片が語りかけて来る意味を正確に再現すべく、適切な言葉、文字を模索し乍ら作業を続行していった。

時折、『広辞苑』（岩波書店）や『机上漢和辞典』（誠文堂新光社）に答えを求めた。

或いは、埃を被った昔の古い手帳を検索することもあった。

鉛筆と消しゴムを交互に用い、書いては消し、消しては書いていった。

そして更に、幾夜を重ねた頃の事であったか不詳であるが、やがて私は奇妙で不可解な感覚に襲われるように成っていた。

記憶の微片が発する微細な信号を些かたりとも漏らすまいと、空白の桝目に文字を刻印し、繰り返し添削を試みる内に、時として私は目に見えぬ何物かの力が右手に握る鉛筆の先端である芯先に取り憑く気配を感受することがあったのである。

芯先に取り憑き宿ったと思われた、その力は私の存在を無視して、何時しか原稿用紙の上を勝手気儘に動き回っているのであった……。

目に視えぬ、その力が働いている間、私は操り人形の如く、只々命ぜられるが儘に芯先を運ぶだけの役回りに過ぎなかった。しかし、その間、私は自分が無視されているにも拘わらず、奇妙で不可思議な恍惚感に浸っていたのだった。

それは昼間の繁忙な日常空間には決して訪れぬ種類の恍惚感であった。私は未体験の異次元時空に身霊を委ねて時を忘れ、不可思議な恍惚の海に耽溺して我を忘れていた。

斯くの如き体験を幾度か重ねる内に、私は目に視えぬ其の力が芯先に降りて来て宿る瞬《と》間《き》を待望するように成っていた。

大袈裟で不適切な比喩であるとしても、此の奇妙な恍惚体験の様相は何故か私に「能」を連想させたのだった。非日常的な恍惚感に身霊を委ねたいが故に私は夜毎〱、机上に原稿用紙という能舞台を設《しつら》えると、右手に鉛筆を握って、芯先に降りてくるかも知れぬシテの登場を只管待つのであった。

幸いにも、シテが登場して演じ舞いはじめれば、私はシテの命ずるが儘に芯先を運ぶ他に為すべき事は何も無かったのである。

前述の如く数年に亘《わた》り、観客の誰も居ない机上の能舞台で、深夜、無名のシテが演舞し続けた演目の集成が『机上玄夢』である。

最後に、人口に膾炙した一編の漢詩を引用して締め括りとしたい。

少年易老學難成
一寸光陰不可軽
未覺池塘春草夢
階前梧葉已秋聲

（朱熹「偶成」）

［著者紹介］

小濠　眞櫻（こぼり　まお）

1947年、神奈川県足柄下郡国府津町（1954年、市町村合併により小田原市国府津へ地名変更）に生まれる。

小田原市在住。

机上《きじょう》玄《の》夢《ゆめ》

二〇〇四年七月六日　初版発行

著　者　小濠眞櫻　こぼり　まお

装　幀　谷元将泰

組　版　村田一裕

発行者　高橋秀和

発行所　今日の話題社　こんにちのわだいしゃ

東京都品川区上大崎二・十三・三十五ニューフジビル2F

電　話　〇三・三四四二・九二〇五

FAX　〇三・三四四四・九四三九

印　刷　互恵印刷＋トミナガ

製　本　難波製本

用　紙　富士川洋紙店

ISBN4-87565-545-2 C0095